Tabea Vollmer & Elisabeth Vollmer

Welcome to my life

Druck und Bindung des vorliegenden Buches erfolgten in Deutschland

Das verwendete Papier ist FSC-zertifiziert. Als unabhängige, gemeinnützige, nichtstaatliche Organisation hat sich der Forest Stewardship Council *(FSC) die Förderung des verantwortungsvollen und nachhaltigen Umgangs mit den Wäldern der Welt zum Ziel gesetzt*

MIX
Papier aus verantwortungsvollen Quellen
FSC® C083411
FSC www.fsc.org

Dieses Buch ist auch als E-Book erhältlich:
ISBN 978-3-86256-782-9

Die Deutsche Bibliothek verzeichnet diese Publikation in der Deutschen Nationalbibliografie; detaillierte bibliografische Daten sind im Internet über www.d-nb.de abrufbar

Lektorat: Dr. Thomas Baumann
Umschlaggestaltung: spoon design, Olaf Johannson
Umschlagabbildung: Maisevich Alexey/Shutterstock.com
Satz: Neufeld Verlag
Herstellung: CPI – Clausen & Bosse, Leck

ISBN 978-3-86256-087-5, Bestell-Nummer 590 087

www.neufeld-verlag.de / www.neufeld-verlag.ch

Bleiben Sie auf dem Laufenden:
newsletter.neufeld-verlag.de
www.**facebook**.com/NeufeldVerlag
www.neufeld-verlag.de/**blog**

NEUFELD VERLAG

Tabea Vollmer & Elisabeth Vollmer

Welcome to my life

NEUFELD VERLAG

HAILEYS DIARY, 14.12.

Hey.

Was fängt mit „zum" an und hört mit „kotzen" auf? Richtig, mein Leben. Zum Kotzen. Ich dachte ja eigentlich, dass der Tag nach der bescheuerten Chemie-Klausur nicht noch schlimmer werden kann, aber da hab ich mich wohl geschnitten... Ich meine, es ist ja nicht so, dass ich davon ausgegangen bin, heute wäre der beste Tag meines Lebens, aber komm schon! Mein Referat war echt cool, ich hab da mega viel Zeit rein gesteckt und dann krieg ich dafür 7 Punkte? Was ist denn ihr Problem?

Und dann ist heute auch noch das Training ausgefallen, weil Anna immer noch mit einer Erkältung im Bett liegt. Dabei hätte ich mich gerade heute mal echt gerne ausgepowert, um mich abzuregen. Stattdessen durfte ich auf meine reizenden kleinen Geschwister aufpassen, die sich eindeutig gegen mich verschworen haben. Genauso wie der Rest der Welt.

Jetzt ist es halb zwölf und ich kann immer noch nicht einschlafen. Da haben auch zwei Folgen „Everwood" und eine große Tasse Chai Latte nichts geholfen, obwohl das doch sonst mein Allheilmittel ist...

Wenn ich doch bloß mit Lena schreiben könnte... Sie kommt zwar morgen aus ihrem Funkloch namens Nordrach oder so zurück, aber das kommt mir noch endlos vor... wofür hat man denn eine beste Freundin, wenn sie nicht da ist, wenn man sie braucht? Aber selbst wenn sie hier wäre, wäre sie in Gedanken bestimmt sowieso immer nur bei Jonas. Ich mein, ich versteh das ja schon, sie sind ganz frisch zusammen und so. Aber hab ich mich dadurch in Luft aufgelöst? wenn ja, hab ich das wohl nicht mitbekommen.

Und Mom wohl auch nicht. Als ob es nicht schon reichen würde, in der Schule von Lehrern umzingelt zu sein, nein, ich lebe mit so ner Pädagogik-Tussi auch noch unter einem Dach! Helena, tu dies, Helena, tu das. Und jetzt gerade: „Helena, mach endlich das Licht aus, sonst kannst du dich morgen in der Schule nicht konzentrieren!" Jaah, sie hat absolut recht, es ist ja nicht so, dass ich selbst einschätzen könnte, wie viel Schlaf ich brauche! what ever... Kopfhörer rein, welt raus!

welcome to my life!

KATHRINS TAGEBUCH, 15.12.

Ich bin eine miese Patentante. Das hat mir mein Schwesterherz gerade sehr deutlich verklickert. Und ich muss gestehen: Sie hat recht! Wann habe ich mich zuletzt mit Helena getroffen? Ich fürchte, es war während der Schwangerschaft mit Luca - ächz!

Früher hatten wir ein richtig gutes Verhältnis zueinander. Wie oft hat sie bei uns übernachtet, haben wir Radtouren gemacht und andere schöne Dinge unternommen! Und ganz unbemerkt ist mir der Kontakt dann flöten gegangen. Sie wurde älter, ich war mit meinen beiden Kleinen beschäftigt ... Ich könnte mich ja trösten, dass die ersten Jahre die wichtigsten sind – und da war ich für sie da. Aber das wäre eine ziemlich faule Ausrede. Sie ist jetzt 16 ½, und wenn ich Alex richtig verstanden habe, ist sie gerade in keiner ganz einfachen Phase … Wobei Alex auch nicht gerade souverän und entspannt klang. Vielleicht ist SIE ja auch in einer schwierigen Phase …

Hab jedenfalls beschlossen, mich mit Helena zu verabreden. Mal schauen, ob sie mir noch eine Chance gibt …

Betreff: Treffen?
Datum: 15.12.
Von: Kathrin Brunner <kathrinbrunner@web.de>
An: Hailey <hailey.s@web.de>

Hallo Helena,

nein, ich brauche keinen Babysitter ;-) Ich wollte fragen, ob du mal Lust auf einen Chai Latte mit mir hättest? Am Donnerstag haben meine Jungs um 16 Uhr ihr Kinderturnen bei euch um die Ecke. Hättest du nächste Woche zufällig Zeit und Lust? Ich fänd's schön!

LG

Kathrin

HAILEYS DIARY, 15.12.

Hey Diary :)

Hab ich eigentlich schon mal meine Patentante erwähnt? Vermutlich nicht, es ist eher eine Geschenke-Tante, für die ich gelegentlich den Babysitter spiele. Zumindest war das die letzten Jahre so.

Jetzt hab ich aber heute eine Mail von ihr bekommen, in der sie mich auf einen Chai Latte eingeladen hat! Was soll das denn plötzlich?! Hoffentlich steckt da nicht Mom dahinter... Also: ich hab zwar eigentlich keinen Bock drauf, aber Nein sagen kann ich auch nicht. Das kommt dann nämlich echt scheiße rüber. Fazit: Ich geh da wohl oder übel hin und versuche mich nach 20 Minuten Smalltalk loszueisen. Wird schon...

Übrigens: Anna und Lena sind beide wieder da, wodurch das Training heute trotz Regen richtig gut war! Ich hab alles gegeben und zwei Tore geschossen! BÄM! Als wir zu den Umkleiden gelaufen sind, hab ich Henry gesehen. Mein Herz ist wie üblich erst mal stehen geblieben, nur um dann in doppeltem Tempo weiter zu galoppieren. Immer das Gleiche... Ich hab ihm aber vorsichtshalber nicht Hi gesagt, weil ich das Gefühl hatte, dass ich ganz schön müffel... Ups...

Hailey

KATHRINS TAGEBUCH, 19.12.

Wie schräg ist das denn: Jetzt hab ich den Termin mit Helena initiiert und je näher er rückt, desto blöder komme ich mir dabei vor. Ihre Begeisterung hält sich sehr in Grenzen und nach allem, was Alex so erzählt hat, kann es durchaus passieren, dass mir entweder ein stummer Granitfelsen oder eine fauchende Wildkatze gegenüber sitzt. Weiß gar nicht, was mir lieber wäre. Obwohl: wenn ich's mir aussuchen könnte, lieber die Wildkatze ...

Wenn ich mir so überlege, wie es mir mit 16 gegangen wäre, wenn sich Tante Claudia mit mir hätte treffen wollen, kann ich Helena echt verstehen. Wobei Tante Claudia ja auch echt alt war. Ich bin immerhin erst 35 (gefühlt 25 ...). Aber für Helena wahrscheinlich steinalt und keine prickelnde Gesprächspartnerin.

Aber was soll's. Sie ist mein Patenkind. Ich hab sie viel zu lange vernachlässigt und vielleicht finden wir ja doch einen Draht zueinander. Ich mag die Süße nämlich ziemlich gerne.

HAILEYS DIARY, 23.12.

Hey Diary,

ist schon ne Weile her ... Dafür hab' ich Neuigkeiten:

1. Ich weiß jetzt mehr über meine Patentante, als ich ihr je zugetraut hätte (ich weiß jetzt auch mehr über meine Mutter, als ich ihr je zugetraut hätte!!!).
2. Ich weiß jetzt, dass Henrys Augen dunkelblau sind und mit feinen weißen Linien durchzogen sind. Und ich weiß, wie seine Stimme klingt, wenn er besorgt ist (um mich!!!).
3. Ich kenne eine neue Serie: „Gilmore Girls" - und die ist echt gut!
4. Ich weiß jetzt, wie verwirrend-lustig es sein kann, wenn man alles doppelt sieht.
5. Mein Lieblings-Pullover und T-Shirt wurden zerschnitten und es war mir egal!
6. Meine Peinlichkeits-Toleranz-Skala hat ungeahnte Ausmaße erreicht (ich sag nur: Flügelhemdchen, Netzhöschen und Bettpfanne ...).
7. Spritzen oder riesige Tabletten sind überhaupt kein Problem mehr für mich.

Aber: jetzt ist der 23. Dezember, ich habe einen Gips am Arm und noch keine Geschenke besorgt. Daran muss ich unbedingt was ändern. Ich werde Tom fragen, ob er mich später noch in die Stadt fährt. Dafür hat man schließlich einen großen Bruder… Außerdem bin ich dann außerhalb der Reichweite von Ben und Josefine. Ist ja irgendwie auch süß, wie sie sich freuen, dass ich wieder zu Hause bin. Jetzt müssten sie nur noch kapieren, dass ICH keine Lust habe, den ganzen Tag mit ihnen zu spielen. Argh, ich sollte ihnen wirklich mal beibringen, anzuklopfen…

Bye, Hailey

KATHRINS TAGEBUCH, 23.12.

Wieder zu Hause! Das immerhin. Weihnachten im Krankenhaus hätte mir gerade noch gefehlt. Und bis auf ein paar fiese Prellungen und das Schleudertrauma bin ich auch ganz geblieben, während ~~Helenas~~ Haileys (ich muss mir das dringend angewöhnen! Sie hasst ihren Namen gerade …) Arm im Gips steckt.

Wobei: So rein beziehungstechnisch war unser gemeinsamer Unfall und Krankenhausaufenthalt wahrscheinlich so ziemlich das Beste, was uns passieren konnte. Die Zeit im Café war ein ziemlicher Reinfall (eher Granitfelsen als Wildkatze …) und ich bot ihr noch an, sie nach Hause zu fahren. Dabei ist es passiert. Am Unfall bin ich gänzlich unschuldig. Der Fahrer des Golfs, der in mich hineingerutscht ist, hatte abgefahrene Sommerreifen, war zu schnell unterwegs und hat seinen Bremsweg bei Schnee und Eis völlig unterschätzt. So habe ich Jörg mal auf die andere Art an seiner Arbeitsstelle „besucht" … Immerhin hat er dafür sorgen können, dass ~~Helena~~ Hailey und ich zu zweit in *ein Zimmer kamen. Sonst hätte sie auf die Kinderstation und ich mit irgendeiner fremden Frau ins Zimmer gemusst. So hatten wir jede Menge Zeit und das war echt gut.*

Alex liegt mit ihrer Einschätzung völlig daneben. Klar, ~~Helena~~ HAILEY (ich lern's noch!) ist in der Pubertät. Aber sie ist auch eine richtig tolle junge Frau, die sich viele Gedanken macht und mit der ich echt gut reden konnte. Würde Alex das ja gerne stecken, aber ich musste Hailey versprechen, dass die Gespräche unter uns bleiben. Meine Lippen sind versiegelt …

Betreff: rein hypothetisch
Datum: 7.1.
Von: Hailey <hailey.s@web.de>
An: Kathrin Brunner <kathrinbrunner@web.de>

Hey Kate ;)

Ich wollte nur noch mal sagen, dass die Zeit mit dir im Krankenhaus echt cool war! Danke fürs Zuhören und Einfach-da-sein.

Ich hab da noch eine Frage … Du hast ja erzählt, dass du, als du in Australien warst, mit diesem Eric zusammen warst, aber irgendwann festgestellt hast, dass das nicht das Richtige war.

Also, mal angenommen, ich wäre in einer ähnlichen Situation und hätte mich letzten Samstag mit einem Jungen getroffen, den ich schon eine ganze Weile mag. Und am Anfang wäre es auch echt schön gewesen. Wir haben geredet und einen Film geschaut. Ich habe gehofft, dass er mich auch mag, und als er mir im Verlauf vom Film seinen Arm um die Schulter gelegt hat, war ich mir sogar ziemlich sicher … Ich war so überwältigt von all den Gefühlen in mir, dass ich eigentlich nicht besonders viel vom Film mitbekommen habe. Es war ganz neu für mich und ich habe mich sehr wohl in seinen Armen gefühlt. Und auch als er eine Hand genommen hat, hat sich das gut und richtig angefühlt.

Ich hätte auf dem Hinweg zu ihm echt nicht gedacht, dass das passieren würde! Als er mich nach Hause gebracht hat, haben wir uns zum Abschied umarmt, aber dann wollte er mich küssen. Ich hatte nicht damit gerechnet und bin instinktiv zurückgewichen. Der Stillemoment, der daraufhin folgte, gehört auf jeden Fall zu den peinlichsten Momenten in meinem Leben. Ich hatte irgendwie das Bedürfnis, mich zu entschuldigen, und ich glaube, ihm war es auch sehr peinlich.

Na ja und jetzt schreiben wir halt „normal", aber es ist irgendwie nicht mehr so wie früher … Ich glaube, ich habe alles kaputtgemacht … Ich bin einfach total verwirrt und weiß gar nicht mehr, was ich eigentlich will …

Natürlich ist das alles rein hypothetisch! Was würdest du mir denn raten, wenn ich in einer solchen Situation wäre?

Hailey

Betreff: Re: rein hypothetisch
Datum: 7.1.
Von: Kathrin Brunner <kathrinbrunner@web.de>
An: Hailey <hailey.s@web.de>

Hey Hailey,

schön, mal wieder von jemandem Kate genannt zu werden! Da fühle ich mich gleich wieder wie 19 und als Aupair in Australien ;-) Also ganz konkret würde ich dir in dieser rein hypothetischen Situation raten, auf dein inneres Gefühl zu hören. Wenn ich das damals bei Eric gemacht hätte, wäre mir manches erspart geblieben … Wir hatten es im Krankenhaus ja schon davon: ich habe damals NICHT auf mein Gefühl gehört. Ich mochte Eric, wollte auch irgendwie gerne, dass er mehr für mich wird als nur ein Freund. Aber da war auch ein inneres Gefühl, dass mir das zu schnell geht. Dass es sich falsch anfühlt, mit ihm zusammen zu sein. Und dieses Gefühl habe ich blöderweise ignoriert. So wie ich später in dieser Beziehung auch andere inneren Warnzeichen „überhört" habe. Letztlich bin ich in eine Beziehung geschlittert und viel zu lange geblieben, die mir überhaupt nicht gut getan hat.

Das ist dir nicht passiert und das ist gut so! Ich kann sooo gut verstehen, dass du verwirrt bist. Dass du das Gefühl hast, etwas kaputt gemacht zu haben, und es dir peinlich ist, hypothetisch: oberpeinlich wäre, diesem Typen wieder zu begegnen. Es ist vielleicht für den Moment auch ganz gut, einfach nur „normal zu schreiben".

Aber ganz ehrlich: Entweder da bahnt sich etwas zwischen euch an, was so tragfähig und gut ist, dass es diese Peinlichkeit übersteht, ihr miteinander offen reden könnt und er dir die Zeit gibt, die du brauchst. Oder aber: Du hast es besser gemacht als deine alte Patentante (jetzt solltest du bitte heftig widersprechen!!!) und die Bremse gezogen, bevor du in was rein geschlittert bist, das für dich nicht passt.

Merke gerade, wie viel Situationskomik da drin liegen würde, wenn es sich bei dieser Hypothese um Henry handeln würde, der mit seinem Golf ja sehr konkret in uns hineingeschlittert ist ;-))) Aber darum geht es ja nicht. Ich wünsche dir, dass du weiterhin gut auf dich hörst und nichts tust, bei dem dir nicht wohl ist.

Hey und ein großes DANKE für dein Vertrauen. Du bist echt eine tolle Patentochter!

Liebe Grüße

Kathrin

HAILEYS DIARY, 8.1.

Hey Diary,

Sieht so aus, als wäre mein Geheimnis nicht länger ein Geheimnis. Es war mir zwar klar, dass Kathrin mir meine rein hypothetische Geschichte nicht als rein hypothetisch abkauft, aber dass sie gleich auf Henry kommt, hätte ich jetzt auch nicht gedacht... Ich habe ihr ja nie direkt gesagt, dass ich in Henry verliebt bin. Ich schätze mal, sie hat sich das zusammengereimt, als er beim Unfall aus dem Wagen gesprungen ist, um uns zu helfen.

Ist ja auch egal. Viel wichtiger: Was mache ich jetzt mit Henry? Kate sagt, ich soll auf mein Gefühl vertrauen. Das Problem ist, ich weiß gar nicht, was ich eigentlich genau fühle... ich mag ihn natürlich immer noch sehr, aber irgendwie ist da trotzdem so ein kleines ungutes Gefühl. Ich habe auch noch versucht, mit ihm darüber zu reden, aber das ist schon wieder in die Hose gegangen. Eigentlich konnten wir bisher ja echt gut miteinander reden. Aber jetzt hat er mich so komisch angeschaut und gemeint, dass er echt nicht gedacht hätte, dass ein harmloser Kuss heutzutage für ein Mädchen in meinem Alter ein Problem sein könnte.

Ich komme mir so bescheuert vor! Ich kann es nicht ungeschehen machen und irgendwie denke ich schon fast, dass er von mir erwartet, dass ich mich jetzt so von wegen alles oder nichts entscheide. Entweder ich mache jetzt den nächsten Schritt oder ich kann das Ganze vergessen. Aber ich weiß nicht, ob ich dafür wirklich bereit bin. Ich war so lange in ihn verliebt, aber irgendwie zögere ich jetzt doch und weiß nicht genau, ob ich wirklich mit ihm zusammenkommen will.

Ich hatte mir früher, vor ihm, mal überlegt, was ich mir von meinem zukünftigen Partner wünsche, und ich muss zugeben, dass ich jetzt, wo ich Henry genauer kennengelernt habe, sagen würde, dass er dieser Vorstellung nicht so wirklich entspricht... Und zugleich ist da dieses verlangen in mir, diese Sehnsucht nach ihm oder zumindest nach dem Gefühl, das ich bei ihm davor hatte.

Ich wünsche mir doch nur, dass es passt und alles wieder gut ist...

Deine verwirrte Hailey

Betreff: Re: Re: rein hypothetisch
Datum: 10.1.
Von: Hailey <hailey.s@web.de>
An: Kathrin Brunner <kathrinbrunner@web.de>

Hey Kate,

Danke für deine Mail und deine (rein hypothetischen) Tipps! Ich weiß zwar immer noch nicht, was ich jetzt eigentlich machen soll, aber ich fühl mich trotzdem schon ein bisschen besser. Ich hatte davor einfach noch mit keinem geredet, deswegen war ich auch ziemlich durch den Wind.

Normalerweise rede ich mit Lena über so was, aber sie ist nur noch mit ihrem Freund Jonas zusammen … Das ist echt beschissen, wir waren/sind so gute Freundinnen, aber jetzt kommt irgendwie gar nichts mehr von ihrer Seite … Na ja, ich hab ja auch gerade viel zu tun mit Schulstress (es macht absolut Sinn, alle Klausuren in eine Woche zu legen, sie übers ganze Jahr zu verteilen, wäre ja echt dumm), Training und Fahrschule.

Weihnachten war übrigens ganz gut. Dein Tipp, manchmal einfach kurz ins Bad zu verschwinden, durchzuatmen und an was Schönes zu denken, hat mich echt gerettet :)

Hailey

Betreff: Re: Re: Re: rein hypothetisch
Datum: 12.1.
Von: Hailey <hailey.s@web.de>
An: Kathrin Brunner <kathrinbrunner@web.de>

Hey Hailey,

Ich kann gut verstehen, dass es für dich blöd ist, wenn deine beste Freundin plötzlich so auf Abstand geht. Das kenne ich auch, es hat sich aber meist nach einiger Zeit auch wieder normalisiert. Wenn die Schmetterlinge fliegen und die Hormone Achterbahn fahren, verliert frau manchmal aus dem Blick, was sonst noch wichtig ist …

Ich hab's im Krankenhaus übrigens ernst gemeint, als ich gesagt habe, dass ich gerne mit dir mal einen (oder zwei ;-)) BHs kaufen gehen würde. Wenn mich nicht alles täuscht, machst du nämlich den gleichen Fehler, den ich als Teenager auch gemacht habe: Du trägst die falsche Größe (das Verhältnis von Brustunterweite und Körbchengröße stimmt nicht), deshalb sitzt der BH dann auch nicht richtig. Wie du merkst, bin ich da inzwischen Vollprofi und stelle dir meine professionelle Beratung gerne zur Verfügung (und würde dir die BHs sogar als Patengeschenk finanzieren).

Ich hätte am Freitag Nachmittag Zeit. Wir könnten auch noch einen Chai Latte zusammen trinken … Würde es für dich passen, wenn ich dich um 15 Uhr zu Hause abhole?

LG, Kate

HAILEYS DIARY, 13.1.

Hey Diary,

Ich bin ja nicht so der Typ, der kein Problem hat, vor anderen Leuten nackt zu sein. Deswegen bin ich auch eeeetwas „überrascht" über die Mail von Kate. Shoppen gehen? Gerne! BHs? - ähhhh, nicht so mein Ding. Ich meine im Krankenhaus war's unvermeidbar, aber es muss ja jetzt nicht gleich Standard werden. Ich weiß auch nicht genau, worin ihr Problem liegt in Sache BH-Größe. Meine BHs sind völlig okay!

Allerdings legt Mom ja ihre „Familienputz-Session" meist auf Freitagnachmittag. Zwei neue BHs, die ich NICHT von meinem Geld finanzieren muss, wären gar nicht so schlecht und ein Chai Latte mit Kate klingt ja eigentlich auch ganz cool. Ich werd's überleben, sie ist ja auch eine Frau und meine Peinlichkeits-Toleranz-Skala ist ja inzwischen recht hoch...

Mit Lena wird es übrigens immer schlimmer: Ich hatte ihr zum Beispiel letztens in der Theorie einen Platz freigehalten. Das war doch ein Grund, warum wir uns bei der gleichen Fahrschule angemeldet haben, dass die Theorie eben nicht so langweilig wird. Aber sie kam einfach nicht und später hat sich dann so ein anderer Typ neben mich gesetzt, der sich dann auch noch total breitgemacht hat... Ich hab dann später gesehen, dass sie mir geschrieben hatte und Jonas bei ihr spontan übernachtet hat und sie deswegen nicht kommt. Das hab ich ja auch verstanden, aber sie lässt mich in letzter Zeit echt oft hängen und tut irgendwie so, als würde sich die ganze Welt nur noch um ihn drehen, und das jetzt schon seit ein paar Monaten. Annika hat gesagt, dass Lena auch mit ihr kaum noch was macht. Und die Krönung des Ganzen ist halt, dass sie in der Schule dann wieder voll einen auf BFF macht und erwartet, dass wir/ich uns auch so verhalten.

Das pisst mich einfach gerade mega an und zugleich nervt es mich, dass ich mich davon so nerven lasse...

Hailey

Betreff: Shopping
Datum: 17.1.
Von: Kathrin Brunner <kathrinbrunner@web.de>
An: Hailey <hailey.s@web.de>

Hey Hailey,

Na? Wie fühlst du dich in den neuen BHs? Ich finde, sie stehen dir richtig gut. Du hast eine tolle Figur, die damit noch besser zur Geltung kommt. Überhaupt bist du eine total hübsche junge Frau!

Neulich hab' ich irgendwo gelesen, dass 95% der 15- bis 18-jährigen Mädchen in Deutschland sich an mindestens einer Stelle ihres Körpers operieren lassen würden, wenn sie das Geld und die Erlaubnis der Eltern dazu hätten. Ich hoffe sehr, dass du nicht dazu gehörst und weißt, dass du genau so, wie du bist, wunderschön aussiehst!

Als ich 16 war, habe ich mich überhaupt nicht hübsch gefühlt. Dabei hatte ich damals noch keine Schwangerschaftsstreifen und war auch sonst noch viel besser in Form als heute … Aber statt das zu genießen, was ich hatte, und glücklich in meinem Körper zu sein, habe ich an mir herumgemäkelt und mich mit denen verglichen, mit denen ich nicht mithalten konnte – und ich war damals noch nicht umgeben mit lauter zurechtoperierten oder gephotoshoppten Models, wo auch immer Frauen öffentlich gezeigt werden …

Ich wünsche dir, dass du dich selbst mit einem liebevollen Blick anschaust und aufrecht durchs Leben gehst und deinen Weg findest.

Oje, ich glaube, jetzt klinge ich echt wie eine alte Patentante … Ich hätte mir damals gewünscht, dass mir das jemand sagt. Vielleicht hätte ich es geglaubt und es hätte mir gut getan.

Mach's gut, meine Lieblingspatentochter!

Kate

HAILEYS DIARY, 18.1.

Hey Diary,

Ich muss zugeben, dass das BH-Shoppen mit Kate zum Glück gar nicht so peinlich war, wie ich befürchtet hatte. Das Geschäft, in dem wir fündig wurden, war auch echt cool! Von außen sah es aus wie so ein Oma-Laden und Kate musste mich regelrecht rein ziehen, weil ich einfach nicht glauben konnte, dass es da irgendetwas geben könnte, was mir auch nur annähernd gefallen könnte. Drinnen war es immerhin schon etwas besser, ziemlich klein und gemütlich. Normalerweise mag ich es nicht wirklich, wenn mir aufdringliche Verkäuferinnen irgendetwas andrehen wollen, aber diese verkäuferin (Barbara - so heißt auch das Geschäft) war total nett! Zurückhaltend, höflich, respektvoll und mega hilfsbereit. Sie war mir sofort sympathisch. Die neuen BHs sind auf jeden Fall hübsch, auch wenn ich die Art, wie man einen BH laut ihr eigentlich tragen muss, trotzdem noch seltsam finde. Ich mein, dass es das - wie nennt man das denn? Halt quasi das „Band", das unter der Brust durchgeht - jetzt nicht bis zwischen die Schulterblätter hochziehen soll verstehe ich ja, aber jetzt fühlt es sich fast so an, als ob es beim verschluss bergab geht XD. Na ja, ist vermutlich alles Gewohnheit... Ich muss ja zugeben, dass die BHs tatsächlich besser sitzen als bisher.

Die Mail, die Kate mir geschrieben hat, war echt nett, wie eine warme Dusche! Ich würde zwar nicht sagen, dass sie da in allem recht hat (meine oberschenkel sind bestimmt <u>nicht</u> wunderschön), aber es war trotzdem nett von ihr. warum sagt Mom mir so etwas nicht? vielleicht könnte ich es ja dann ein bisschen mehr glauben... Also, ich bin nicht magersüchtig oder so! Ich denke, ich bin halt durchschnittlich und das ist ja auch okay für mich.

Kate tut mir leid, ihr hat das nie jemand gesagt, obwohl sie echt toll aussieht und es bestimmt auch mit 16 so war. Ich denke, ich sollte sie auch mal einer warmen Dusche unterziehen :)

Hailey

Betreff: Re: Shopping
Datum: 18.1.
Von: Hailey <hailey.s@web.de>
An: Kathrin Brunner <kathrinbrunner@web.de>

Hey Kate :)

DANKE für deine nette Mail, das war echt süß von dir! Du hast gesagt: *„Dabei hatte ich damals noch keine Schwangerschaftsstreifen und war auch sonst noch viel besser in Form als heute …“*. Da hab ich mir gedacht, dass ich dir dringend sagen sollte, dass du auch heute noch wirklich toll aussiehst! Das mein ich absolut ernst!

Und stell dir vor, wenn du in zehn Jahren an deinen heutigen Körper denkst, wirst du bestimmt sagen, „Mann, sah ich damals toll aus, hätte ich doch bloß das genossen, was ich hatte und wäre glücklich in meinem Körper gewesen …“.

Also, bitte denk nicht, deine Schwangerschaftsstreifen würden dich schlecht aussehen lassen! Du bist eine wunderschöne Frau und eine ganz tolle Patentante!

Deine Hailey

KATHRINS TAGEBUCH, 18.1.

Also echt, jetzt sitze ich hier mit Tränen in den Augen und die Rollen sind vertauscht.

ICH wollte Hailey ermutigen, sich positiv wahr- und anzunehmen. Und SIE hält mir den Spiegel vor, ermutigt mich und mir geht ein Kronleuchter auf (NEIN, ich werde nicht bis 45 warten, bis ich meinen 35-jährigen Körper toll finde!).

Vermute, dieses Frauenthema ist tief im X-Chromosom verankert und da wir Mädels das doppelt haben, holt uns das immer wieder ein.

Bin jedenfalls neu motiviert, mich selbst zu mögen. Schöner als heute werde ich nicht mehr, also werde ich genießen, was mir heute geschenkt ist ;–)

Betreff: Re: Re: Shopping
Datum: 25.1.
Von: Kathrin Brunner <kathrinbrunner@web.de>
An: Hailey <hailey.s@web.de>

Hallo meine Lieblingspatentochter :-),

sorry, dass ich nicht gleich auf deine liebe Mail geantwortet habe. Hab mich sooooo gefreut! Hatte glatt Tränen in den Augen … Aber dann kam der Alltag dazwischen und schwupps ist schon wieder eine Woche um.

Wie geht es dir denn inzwischen mit dem hypothetischen Mister X? Spürst du für dich schon, in welche Richtung es geht? Und: Wann kriegst du denn eigentlich den Gips ab? Müsste doch demnächst soweit sein, oder? Ich war ja dabei, als er dran kam, von daher sollte ich doch auch dabei sein, wenn er ab kommt (und hinterher trinken wir einen Chai Latte ;-))). Also, lass mal telefonieren, wegen des Termins.

Grüßles

Betreff: Re: Re: Re: Re: Shopping
Datum: 27.1.
Von: Hailey <hailey.s@web.de>
An: Kathrin Brunner <kathrinbrunner@web.de>

Hi Kate,

Schön, dass du dich gefreut hast :)

Mit Henry ist es (war ja klar) immer noch kompliziert. Ich bin inzwischen schon echt froh, dass ich zurückgewichen bin, weil mir das zu schnell ging. Wir schreiben immer noch, aber ich hab kein so gutes Gefühl. Irgendwie wird der Kontakt gerade eher weniger, weil er mich einfach kaum noch anschreibt und seltsamerweise finde ich das gar nicht soo schlimm … Ich vermisse den „alten" Henry, aber irgendwie scheint es ihn nicht mehr zu geben … Na ja …

Der Gips kommt nächste Woche Dienstag um 9.30 Uhr ab, sehr praktisch, dann muss ich nicht in Chemie XD.

Zu Chai Latte sag ich nie Nein, ruf mich einfach mal an.

Hailey

HAILEYS DIARY, 27.1.

Hey Diary,

okay, vielleicht hab ich gelogen. obwohl ich eher Untertreibung und verschweigen sagen würde. Ich vertraue Kate. wirklich.

Aber als ich gestern im Café saß, hab ich Henry mit Larissa rumlaufen sehen. Händchenhaltend. Das tat weh. Richtig weh. Ich kann einfach nicht glauben, wie dumm ich war!

Dumm, zu glauben, ich wäre etwas Besonderes. Dumm, zu glauben, ich wäre ihm wichtig. Dumm, mir für uns eine gemeinsame Zukunft überhaupt vorzustellen. Dumm, zu glauben, dass ich jemals Glück haben werde. Dumm, dumm, dumm, dumm, dumm.

Hailey

Betreff: Re: Re: Re: Re: Re: Shopping
Datum: 4.2.
Von: Kathrin Brunner <kathrinbrunner@web.de>
An: Hailey <hailey.s@web.de>

Liebe Hailey,

alles klar mit deinem Arm? Hoffe, du kannst ihn bald wieder richtig gut bewegen. Übrigens hat es mich sehr berührt, dass du mir das mit Henry noch anvertraut hast, das bedeutet mir viel.

Bin echt froh, dass du dich auf diesen Typen nicht eingelassen hast. Du bist absolut NICHT dumm, sondern ein kluges Mädchen und er kann nicht besonders schlau sein, wenn er dich einfach so laufen lässt und sich das nächstbeste Mädel schnappt! Ich werde richtig sauer, wenn ich darüber nachdenke! Ist natürlich doof, dass Lena ausgerechnet jetzt so von ihrem Freund absorbiert wird. Aber falls du jemanden suchst, mit dem du alternativ Eier auf Henrys Auto werfen kannst, bin ich zu allen Schandtaten bereit. Wobei es ja schade um die Eier wäre. Das ist der Typ doch gar nicht wert!

Wie weit bist du denn inzwischen mit der Führerschein-Theorie? Ist ja schon blöd, dass du nach der ersten Fahrstunde mit dem Gips lahmgelegt worden bist. Aber du hast ja auch noch ein paar Tage bis zum 17. Geburtstag und dann darfst DU mich mal abholen. Wobei wir dann wahrscheinlich deine Mom mitnehmen müssen. Wenn ich das richtig kapiert habe, darfst du ja nicht mit jedem fahren (wobei ich ja auch nicht JEDER bin ;-))

Ich muss Schluss machen. Die friedliche Spielphase meiner Jungs ist offenbar zu Ende …

LG

Kathrin

HAILEYS DAIRY, 5.2.

Hi Diary,

Mein Gips ist endlich wieder weg! Ich bin echt froh, wieder meinen Arm zurück bekommen zu haben. Bis ich wieder mit dem Training anfangen darf, dauert es zwar noch ein bisschen, aber immerhin ist das Ziel so langsam in Sicht. Ich weiß noch, dass ich früher unbedingt einen Gips haben wollte, weil ich das (keine Ahnung wieso) total cool fand. Man sollte meinem jüngeren Ich sagen, dass das nicht so geil ist...

Es war echt irgendwie gut, dass Kate beim Gipsabnehmen dabei war. Beim Chai Latte konnten wir dann auch nochmal reden und ich hab ihr schlussendlich auch doch alles über die Henry-Story erzählt. Ich weiß gar nicht so genau, warum ich das nicht gleich beim ersten Mal gemacht hab, wahrscheinlich war das da einfach noch zu frisch... Na ja, jetzt weiß sie es zumindest und sie hat auch irgendwie voll gut reagiert, so dass ich mich ernst genommen gefühlt habe. Ich denke, ich versuche einfach damit abzuschließen.

Lena hab ich noch quasi gar nichts von Henry erzählt. Früher haben wir z.B. in der Mittagspause geredet, aber sie sagt in letzter Zeit immer, dass sie schon gegessen hat oder dass sie keinen Hunger hat. Irgendwie hab ich das Gefühl, sie geht mir aus dem Weg... das ist einfach zum Kotzen und ich bin total sauer auf Jonas, auch wenn der ja nicht wirklich was dafür kann...

In der Schule ist es allgemein gerade nicht so cool... Die Lehrer stressen mega rum, als würden wir uns nicht selbst schon genug Druck machen... Nebenher läuft immer noch die Fahrschule und ich bin echt froh, mit der Theorie bald durch zu sein, ist nämlich total laaaangweilig. Lena war die letzten Stunden nie da, aber irgendwie ist das inzwischen auch okay, ich hab mich halt dran gewöhnt. Stattdessen teile ich mir den Tisch immer wieder mit Mr.-Ich-mach-mich-breit oder einem anderen Mädchen (Luisa).

Also bis dann,

Hailey

Betreff: begleitetes Fahren
Datum: 6.2.
Von: Hailey <hailey.s@web.de>
An: Kathrin Brunner <kathrinbrunner@web.de>

Hey Kate :)

Meinem Arm geht's super, nur Fußball geht immer noch nicht …

Ich hätte nichts dagegen, Henrys Auto so à la *Das Schicksal ist ein mieser Verräter* mit Eiern zu bewerfen, aber du hast total recht, er ist es nicht wert. Ich will einfach nur damit abschließen und nicht mehr darüber nachdenken. Ich bin jetzt nämlich fest entschlossen, mich die nächsten Monate/Jahre von Jungs fernzuhalten, weil ich so was echt nicht nochmal erleben will …

Ich frag mal nach, aber ich glaube, man könnte auch machen, dass du als Begleitperson bei meinem Führerschein eingetragen wirst, meinen Dad kann ich nämlich nicht nehmen – der hat Punkte in Flensburg und ich bin mir nicht so sicher, wie gut ich fahren kann, wenn meine (manchmal eeetwas ängstliche) Mutter neben mir sitzt … :/ Wäre auf jeden Fall cool, wenn das mit dir als Begleitfahrer klappen würde!

Aber das ist ja schon noch (zum Glück) ein bisschen hin, bis zur Prüfung.

Bye, Hailey

Betreff: Re: begleitetes Fahren
Datum: 7.2.
Von: Kathrin Brunner <kathrinbrunner@web.de>
An: Hailey <hailey.s@web.de>

Hey Hailey,

ist ja interessant zu lesen, dass mein lieber Schwager Punkte in Flensburg hat – tststststs … Meine Punkte sind inzwischen verjährt. Bis auf eine rote Ampel, die ich mal übersehen habe, war ich immer brav ;-)

Von daher sollte ich problemlos eine deiner Begleitfahrerinnen sein können. Wenn du magst, können wir auch mal auf den Verkehrsübungsplatz, wenn dein Arm wieder einsatzfähig ist. Dann kannst du vor der nächsten „ersten Fahrstunde" nach dem Unfall nochmal üben. Bei unserem alten Auto ist es auch nicht so tragisch, falls du es mal abwürgst – es ist Kummer gewohnt …

Mateo und Luca fragen übrigens nach dir. Sie finden es voll fies, dass wir uns in letzter Zeit immer ohne sie getroffen haben, und Jörg würde auch gerne mal wieder was mit mir unternehmen. Falls du also dein Taschengeld aufbessern und unsere Jungs beglücken willst: nächsten Samstag wäre echt cool ;-)

Melde dich einfach, ob das passt.

LG

Kathrin

KATHRINS TAGEBUCH, 14.2.

Wusste gar nicht mehr, wie schön es ist, nur zu zweit unterwegs zu sein! Hailey ist gestern Abend schon um 17 Uhr gekommen und so hatten Jörg und ich einen richtig schönen langen Abend zu zweit. Das war jeden Euro wert, den Hailey bekommen hat. Als wir heim kamen, schliefen die Jungs friedlich. Sie hatten mit Hailey Muffins gebacken, die Küche sah besser aus als vorher. Manchmal hab ich das Gefühl, wir reden von zwei verschiedenen Mädchen, wenn ich Alex stöhnen höre ...

Was Hailey von ihrer Freundin Lena erzählt, macht mir allerdings allmählich Sorgen. Zum einen, dass sie wohl nur noch auf ihren Freund fixiert ist, vor allem aber, dass sie laut Hailey ständig „keinen Hunger" hat. Die beiden waren ja früher manchmal zu zweit hier, um auf die Jungs aufzupassen und Lena war immer eher etwas kräftiger. Deshalb hätte ich sie auch fast nicht erkannt, als ich sie neulich beim Einkaufen gesehen habe. Sie ist echt SEHR dünn geworden und in Kombination mit Haileys Erzählungen läuten bei mir da alle Alarmglocken.

Irgendwie hab ich das auch nach all den Jahren noch nicht unter den Füßen, wie sich Nicole damals in den Suizid gehungert hat. Wir waren damals ja wirklich ziemlich gute Freundinnen und das blöde Gefühl, nicht genug getan zu haben, ist bis heute geblieben. Hab versucht, Hailey für das Thema zu sensibilisieren, ohne es zu dramatisieren. Hoffe, dass mir das gelungen ist.

Bitte, Gott, hilf Hailey, gut damit umzugehen, und pass auf Lena auf!

HAILEYS DIARY, 16.2.

Hi Diary,

Ich weiß gar nicht, wo ich anfangen soll! Um ehrlich zu sein, brauche ich gerade meine ganze Kraft, um nicht einfach loszuheulen! Scheiße, wie konnte das nur alles passieren! Okay, ganz ruhig, alles nacheinander:

Nach Mathe hab ich gesehen, wie Lena ganz schnell aufgestanden und rausgegangen ist. Ich dachte, ihr ist vielleicht schlecht oder so, und bin ihr vorsichtshalber mal gefolgt, um ihr notfalls die Haare aus dem Gesicht zu halten. Die Pause hatte gerade erst angefangen, deswegen war außer uns noch keiner da. Ich hab sofort gehört/gerochen, dass sie sich übergeben hatte, und hab sie gerufen, weil ich mir natürlich Sorgen gemacht hab. Sie hat erst mal nicht geantwortet und ich wurde fast kirre vor Sorge. Irgendwie musste ich an das Gespräch mit Kate denken, als sie mir von dem magersüchtigen Mädchen erzählt hat, das sich umgebracht hat. Nach einer Weile ist Lena dann rausgekommen und hat sich beim Waschbecken den Mund ausgespült. Auf mein „Hey, alles okay bei dir?" hat sie gar nicht wirklich reagiert, nur gemurmelt, dass sie wohl was verdorbenes gegessen hat.

Wir sind dann zusammen in die Cafeteria gegangen. Ich hab ihr einen Tee geholt, weil der mir immer hilft, wenn mir schlecht ist, und wir haben mal wieder geredet, was ja echt schon eine Weile her war. Ich wollte, dass alles wieder ganz normal zwischen uns wird, aber in mir drin hab ich dauernd Kathrins Stimme gehört. Ich hab dann versucht, das Thema so ein bisschen in die Richtung zu lenken, und sie war erst etwas verwirrt, also wurde ich eben direkter, habe aber trotzdem noch die Nicole-Story als Deckmantel benutzt.

Aber sobald ich das Wort „Magersucht" ausgesprochen hatte, ist Lena komplett ausgetickt. Sie ist aufgestanden und hat mich angeschrien, was ich denn bitte von ihr denke, dass sie definitiv nicht krank ist, dass ich doch keine Ahnung habe, wovon ich eigentlich rede, und dass ich doch nur eifersüchtig auf sie bin, weil sie einen Freund hat und ich nicht. Sie ist dann abgehauen, bevor ich überhaupt noch was sagen konnte. Ich hätte fast angefangen mitten in der Cafeteria zu heulen. Ich wollte ihr doch nur helfen!

Ich mach' mir total Sorgen um sie! Sie behandelt mich, als wäre ich ihr Feind! Es war echt eine bescheuerte Idee, überhaupt daran zu denken, dass Lena magersüchtig sein könnte. Nur weil Kate mal eine Freundin hatte, der es so ging, habe ich das in Lena reininterpretiert. Sie hätte mir das echt nicht erzählen sollen. Kein Wunder, dass Lena sauer auf mich ist, wenn ich ihr so etwas zutraue.

Genau das wollte ich ihr später auch noch sagen. Aber als ich ihr eine WhatsApp schreiben wollte, konnte ich das nicht: SIE HAT MICH BLOCKIERT!!! Ich hab alles kaputt gemacht! Meine beste Freundin hasst mich und ich bin an allem schuld!

Ich weiß nicht, was ich tun soll. Alles fühlt sich falsch an. Ich habe das Gefühl, dass ich hier drin ersticke. Drüben höre ich Ben und Josi streiten. Wetten, sie stehen gleich wieder in meinem Zimmer? Ich muss hier weg!

KATHRINS TAGEBUCH, 16.2.

Vielleicht habe ich einen Riesenfehler gemacht, indem ich Hailey die Geschichte von Nicole erzählt habe. Sie hat heute Lena davon erzählt (nachdem sie mitbekommen hatte, wie sie sich in der Schultoilette erbrochen hat!!!) und die ist total ausgetickt und hat ihr die Freundschaft gekündigt (bei WhatsApp blockiert). Hailey ist völlig fertig, macht sich Vorwürfe und ist total durch den Wind. Es hat heute Nachmittag ja echt wie aus Kübeln geschüttet und sie stand dann wie ein nasser Hund vor mir. Hab sie erstmal in meinen Jogging-Anzug gesteckt und einen Chai Latte gekocht. Als wir zusammen auf der Couch saßen, hat sie mir dann unter heftigem Schluchzen alles erzählt. Hailey macht sich solche Vorwürfe. Dabei finde ich nicht, dass sie einen Fehler gemacht hat. Sie macht sich Sorgen um Lena und hat sie darauf angesprochen. Ich meine, das gehört zu einer Freundschaft doch dazu!

Aber jetzt denkt Hailey, dass es in jedem Fall völlig falsch war. Sie meinte, wenn Lena magersüchtig wäre, dann hätte sie mit dem „Frontalangriff" jetzt alles kaputt gemacht und Lena wäre bestimmt nicht mehr bereit, mit ihr zu reden/sich von ihr helfen zu lassen. Und wenn Lena eben nicht magersüchtig wäre, hätte sie durch diese „Unterstellung" auch alles kaputt gemacht und die Freundschaft wäre nicht zu retten.

Ich habe sie erst mal erzählen lassen und auch eine Weile gebraucht, bis ich kapiert habe, was da alles gelaufen ist. Dann habe ich versucht, Hailey zu beruhigen, was mir definitiv nicht gelungen ist. Alle meine Worte haben nicht für sie gepasst. Sie hat sich einfach total schuldig und hilflos gefühlt. Dabei hätte ich ihr so gerne geholfen! Meine Mutterschaf-Geschichte fällt mir gerade ein. Die hätte ich vielleicht erzählen sollen. Vielleicht hätte sie für sie gepasst. Ich glaube, ich schreibe sie ihr jetzt gleich noch per Mail. Vielleicht kann *sie mit diesem Bild im Herzen ja heute Abend doch noch einschlafen (das fällt ihr nämlich nach solchen Tagen extrem schwer, hat sie mir erzählt). Hoffentlich finde ich die richtigen Worte ...*

Betreff: Mutterschaf
Datum: 16.2.
Von: Kathrin Brunner <kathrinbrunner@web.de>
An: Hailey <hailey.s@web.de>

Liebe Hailey,

bist du wieder gut zu Hause angekommen? Deine Klamotten habe ich dir gewaschen. Die hängen gerade im Keller. Kannst du nächstes Mal wieder mitnehmen. Unser Gespräch ist mir noch sehr nachgegangen. Ich kann deinen Schmerz und deine Sorge um Lena und eure Freundschaft gut nachvollziehen und es tut mir leid, dass das jetzt so blöd gelaufen ist. Im Moment kannst du nichts weiter tun. Das auszuhalten, ist schwer.

Ich möchte dir eine Geschichte aus meinem Leben erzählen. Vielleicht passt die jetzt gerade auch für dich: Als Luca eine knappe Woche alt war, hatte er die sogenannte „Neugeborenengelbsucht". Das haben viele Babys und ist auch nicht weiter schlimm. Aber Luca hatte es echt heftig erwischt und ich war außerdem gerade im Hormontief. Ich machte mir jedenfalls superviele Sorgen um meinen Kleinen und war völlig mit den Nerven fertig. Ich habe dann Alex angerufen und gefragt, was ich machen soll. Sie gab mir dann ein Bild mit, das mich seitdem begleitet. Sie sagte zu mir: „Kathrin, du bist nur das Mutterschaf. Du sorgst dich um deine Lämmchen und kümmerst dich, und das ist gut so. Aber es gibt da auch noch den guten Hirten. Ihm darfst du dein Lämmchen anvertrauen und er kümmert sich auch um dich." Mich hat das damals unheimlich entlastet. Ich bin nur das Mutterschaf. Ich kann und soll die Aufgaben als Mutterschaf wahrnehmen. Aber da gibt es auch noch den Hirten, der sich um mein Lämmchen und sogar um mich und meine Sorgen kümmert und die Dinge übernimmt, die für mich zu groß und zu schwierig sind.

Vielleicht passt das heute für dich. Du bist nur das „Freundinnen-Schaf". Du hast vielleicht nicht alles ganz richtig gemacht, aber du hast es so gut gemacht, wie du konntest. Jetzt kannst du nichts mehr tun, aber du darfst deine Freundin dem Hirten anvertrauen. Er kümmert sich um sie und auch um dich.

Ich wünsche dir sehr, dass du schlafen kannst.

Kathrin

HAILEYS DIARY, 17.2.

Hey Diary,

Ich fühle mich, als wäre ich einen Marathon gelaufen. Wer hätte gedacht, dass weinen so anstrengend ist? Ich habe gestern viel geweint. Draußen im Regen, bei Kathrin, daheim im Bett. Ich war mir sicher, dass ich nicht werde schlafen können, und hab zum Ablenken „Gilmore Girls" geschaut, aber ich konnte mich einfach nicht darauf konzentrieren. Ich habe eine Mail von Kate entdeckt und die hat mir dann ein bisschen geholfen.

Ich würde so gerne diesen Stein in meinem Magen loswerden. Ich will einen „guten Hirten" haben, der auf mich und Lena aufpasst, egal ob das jetzt Kate oder Gott oder sonst wer ist.

Als Kind war ich total davon überzeugt, dass es Gott gibt. Aber ich habe später eigentlich nicht mehr wirklich darüber nachgedacht. Also, wenn es da draußen irgendwo ein Wesen gibt, das vielleicht sogar wie ein guter Hirte sein kann, dann hoffe ich wirklich sehr, dass er sich um Lena kümmert.

Hailey

Betreff: Re: Mutterschaf
Datum: 17.2.
Von: Hailey <hailey.s@web.de>
An: Kathrin Brunner <kathrinbrunner@web.de>

Hey Kate,

Ich hab gestern noch deine Mail gelesen, komme aber erst heute dazu, zu antworten. Mir geht es soweit ganz gut, ich bin nur ziemlich müde und echt froh, dass jetzt erst mal Wochenende ist. Zu deiner Geschichte: Ja, das wäre schön, aber ich kann mir das trotzdem nicht so wirklich vorstellen …

Lena hat mich immer noch geblockt und ich habe keine Ahnung, wie es ihr geht … Ich hoffe einfach, dass wir das wieder hinbekommen … Na ja, am Montag sehen wir weiter, dann können wir vielleicht nochmal reden …

Hailey

Betreff: Re: Re: Mutterschaf
Datum: 18.2.
Von: Kathrin Brunner <kathrinbrunner@web.de>
An: Hailey <hailey.s@web.de>

Liebe Hailey,

ich kann gut verstehen, dass dich die Situation mit Lena fertig macht, und hoffe mit dir, dass du es am Montag wieder einrenken kannst. Wenn die Geschichte mit dem Mutterschaf für dich nicht passt, ist das auch okay. Für mich war und ist dieses Bild total entlastend. Und weil ich mich durch meine „Nicole-

Geschichte“ irgendwie mitverantwortlich dafür fühle, dass du Lena auf die Magersuchtthematik angesprochen hast, hätte ich dich damit gerne auch entlastet. Ich hoffe, es ist okay für dich, wenn ich mit meinem guten Hirten ins Gespräch gehe und ihn bitte, meiner Lieblingspatentochter und ihrer Freundin nahe zu sein ;-)

Von Alex habe ich gehört, dass Tom ab Sommer für ein Jahr ein Praktikum in Darmstadt macht. Wow! Einer weniger in eurem Haushalt. Das wird bestimmt spannend, bis sich alles neu sortiert hat. Wie geht es dir bei dem Gedanken?

Und: Viele liebe Grüße auch von Mateo und Luca – sie wollen, dass du ganz bald mal wieder zu Besuch kommst …

Kate

HAILEYS DIARY, 18.2.

Hey Diary,

Nach dem Aufwachen habe ich als erstes nachgeschaut, ob Lena mich entblockt hat. Hat sie aber nicht… Eigentlich hat mich das aber auch nicht so wirklich gewundert. Wir hatten vor ein paar Jahren ja mal diesen Riesenkrach wegen… und da ist sie auch erst mal auf Abstand gegangen. Ich würde zwar echt gerne wissen, wie es ihr gerade geht und was sie denkt, aber ich hoffe, dass, wenn ich ihr ein wenig Zeit gebe, wir nochmal in Ruhe reden können und sie meine Entschuldigung annimmt.

Irgendwie hat Kate das damals bei Nicole besser hinbekommen. Sie war richtig für Nicole da und hat sich für sie eingesetzt und das, obwohl es bei Nicole damals noch viel schlimmer war! Und was mache ich? Ich mache erst mal unsere Freundschaft kaputt. Mom und Dad haben, glaube ich, nichts von dem Ganzen mitbekommen. Auch keine Überraschung, sie richten ja sowieso immer ihre Aufmerksamkeit auf die Zwillinge und seit neustem auch auf Tom.

Irgendwie weiß ich nicht, was ich davon halten soll, dass Tom auszieht... Ich kann es mir gar nicht wirklich vorstellen, wie das wird, wenn er nicht mehr hier ist und wir uns nur noch ganz selten sehen... was Mom und Dad in dem Bezug betrifft, hab ich auch ziemlich gemischte Gefühle. Zum einen fände ich es schon nett, wenn sie sich mal mehr für mich interessieren würden (und nicht nur, ob ich gute Noten habe...). Andererseits ist es manchmal gerade gut, wenn sie mich nicht so im Blick haben, weil ich irgendwie so ein Mensch bin, der ganz gut alleine klarkommt.

Ist doch mein Ding, wie ich mein Leben gestalten will, oder? Und von den 5 Punkten in Chemie müssen sie jetzt auch nicht unbedingt wissen, ich mache mir selbst genug Vorwürfe, da müssen sie echt nicht noch ihren Senf dazu geben!

Hailey

Betreff: Re: Re: Re: Mutterschaf
Datum: 19.2.
Von: Hailey <hailey.s@web.de>
An: Kathrin Brunner <kathrinbrunner@web.de>

Hey Kate,

neuster Stand in der Lena-Story: Sie war nicht in der Schule. Ich bin voll mit der Einstellung aus dem Haus gegangen, dass wir uns heute sehen, und dann kam sie einfach nicht! Keine Ahnung, was das jetzt wieder heißen soll … Ich versuch mich da nicht unnötig reinzusteigern, ich meine, vielleicht ist sie ja einfach nur krank oder so? Habe jetzt jedenfalls beschlossen, dass ich morgen mal bei ihr zu Hause durchgeh, falls sie morgen immer noch weg ist. Ich muss ihr sowieso die Hausaufgaben bringen …

Wegen Toms Praktikum: Ich weiß selber nicht so genau, was ich darüber denken soll …

Sag Mateo und Luca, dass ich die beiden auch vermisse und bald wieder vorbeikomme :)

Hailey

HAILEYS DIARY, 19.2.

Hi :)

Ich war irgendwie noch nie besonders gut darin, mir keine Sorgen zu machen… Ich versuche ja echt pragmatisch und logisch an die Lena-Sache ranzugehen, aber ich kann trotzdem nicht verhindern, dass ich mich verrückt mache, nachdem Lena nicht in der Schule war. Das alles hat mich irgendwie den ganzen Tag beschäftigt, weswegen ich auch überhaupt nichts von der Theoriestunde mitbekommen habe… Als mich der Fahrlehrer (ohne dass ich mich gemeldet hatte!) dran genommen hat, hatte ich also nicht mal die Frage mitbekommen. Mein Sitznachbar (der, der sich immer so breit macht) zischte mir zum Glück leise die richtige Antwort zu.

Mom und Dad waren heute bei irgendwelchen Freunden auf einem Geburtstag eingeladen, deswegen habe ich mit Ben und Josefine „Die wilden Kerle" geschaut. Jetzt schlafen die beiden und ich versuche irgendwie nicht an morgen zu denken... Was ist, wenn Lena da ist? Was ist, wenn sie nicht da ist?

Deine Hailey

HAILEYS DIARY, 20.2.

Hallo...

Ich weiß gar nicht, was ich eigentlich schreiben soll. Heute ist Dienstag. Lena war nicht da. Obwohl ich nichts Genaues weiß, habe ich ein schlechtes Gefühl. Irgendwie sagt mir mein Bauch, dass Lena nicht nur eine Erkältung hat... Und das sagt nicht nur mein Bauch, sondern auch das neuste Gerücht in unserer Klasse.

Hannah hat in der zweiten Pause laut rumposaunt, sie hätte gehört, Lena wäre „völlig ausgetickt und jetzt in der Klapse". Louis und seine Crew haben allen Ernstes gelacht! Ich hatte das Gefühl, zu explodieren, und hätte diesen Vollidioten am liebsten eine geknallt! Auch wenn ich ja selbst nicht weiß, was genau mit Lena los ist und ob die Gerüchte stimmen, war ich einfach total sauer. Normalerweise bin ich eher zurückhaltend, aber das war mir in dem Moment total egal.

Ich bin aufgestanden, hab Louis in die Augen geschaut und ihn angefaucht, er solle sich sein dämliches Grinsen gefälligst sonst wohin stecken und dass er gar kein Recht hätte, über Lena zu urteilen. Dann hab ich auf dem Absatz kehrt gemacht und bin abgezischt. Vor dem Klassenzimmer bin ich erstmal stehen geblieben. Ich war geschockt von mir selbst, weil dieses Verhalten eigentlich nicht zu mir passt, und zugleich war ich auch ein bisschen stolz auf mich, weil ich meine Freundin verteidigt habe. Ich hatte etwas Angst, ins Klassenzimmer zurück zu gehen und da ich wusste, dass ich jetzt sowieso keinen Nerv für Deutsch hatte, beschloss ich kurzerhand, zu schwänzen und Lena zu Hause zu besuchen.

Im Moment sitze ich im Bus auf dem Weg zu ihr. Ich hab ziemlich Schiss, dass - ich weiß gar nicht genau, wovor ich Angst habe. Vielleicht davor, dass die Gerüchte stimmen... Aber ich kann es ja sowieso nicht ändern und ich muss es jetzt einfach wissen!

KATHRINS TAGEBUCH, 20.2.

Hailey war bei mir, heute Vormittag (während der Schulzeit ...), völlig fertig. Nachdem Lena auch heute nicht in der Schule war und außerdem Gerüchte rumgingen, dass sie in der Psychiatrie wäre, ist sie zu Lena nach Hause gefahren. Lenas Mutter hat ihr dann (unter dem Siegel der Verschwiegenheit; sie wollen nicht, dass es in der Schule die Runde macht) erzählt, dass Lena tatsächlich nach einem Zusammenbruch am Wochenende und wegen ihrer Magersucht (leider lag ich mit meiner Befürchtung doch richtig ...) in einer psychiatrischen Klinik ist, wo sie jetzt erstmal auch keinen Besuch haben darf.

Hailey geht das ziemlich unter die Haut. Einerseits ist sie froh, dass Lena professionelle Hilfe bekommt und auch, dass Lenas Mutter so offen mit ihr gesprochen hat. Aber sie macht sich natürlich auch viele Sorgen um Lena und kann es nur schwer aushalten, dass sie sie nicht besuchen darf. Zumal die letzte Begegnung der beiden ja ziemlich schwierig war ... Und dann fehlt ihr auch einfach Lena als Freundin.

Dazu der ständige Stress mit Alex und die Aussicht, dass Tom auszieht. Die beiden verstehen sich ziemlich gut und ich glaube, Hailey würde am liebsten mit ihm ausziehen ... Hab mir überlegt, ob ich mich mal mit Alex treffen sollte, um ein bisschen zwischen den beiden zu vermitteln. Aber Hailey möchte ja auf keinen Fall, dass ich Alex irgendwas von dem erzähle, was wir so reden, und das macht es schwierig. Auf keinen Fall möchte ich Haileys Vertrauen verlieren. Das ist mir echt kostbar. Aber ich finde es auch so schade, dass die beiden so wenig miteinander klarkommen. Mag sie nämlich beide ...

HAILEYS DIARY, 21.2.

Hey Diary,

es wird langsam zur Gewohnheit, dass ich dir im Bus schreibe. Daheim lassen mir die Zwillinge einfach keine Ruhe... Die Schule war mal wieder voll Scheiße. Louis hat bei seinen Kumpeln wohl rumerzählt, dass ich wahrscheinlich die nächste bin, die in die Klapse kommt, so wie ich gestern ausgerastet bin. Frau Fischer besteht darauf, dass ich noch eine Entschuldigung für gestern bringe. Keine Ahnung, wie ich Mom dazu bringen soll...

Immerhin habe ich den Film in Bio dazu genutzt, um für Lena einen Brief zu schreiben. Das darf ich wenigstens... Nachdem ich erstmal nicht wusste, was ich schreiben soll, habe ich einfach alle möglichen witzigen Erlebnisse aufgeschrieben, die wir schon zusammen hatten, und am Ende habe ich ihr sogar noch die Henry-Geschichte erzählt. Keine Ahnung, ob ich den Brief wirklich auch abschicke. Aber wenn wir wirklich Freundinnen bleiben (was ich echt hoffe!), dann will ich ehrlich zu ihr sein. Das habe ich ihr auch noch geschrieben: dass sie mir wichtig ist und dass ich mir so sehr wünsche, dass wir offen und ehrlich miteinander bleiben können, egal was kommt. Von Magersucht hab ich gar nichts geschrieben. Damit muss sie sich wahrscheinlich sowieso den ganzen Tag beschäftigen...

Bin gleich da und die Post liegt auf dem Weg. Ich schicke den Brief gleich ab, bevor ich noch mal einen Rückzieher mache...

Betreff: Entschuldigung für Frau Fischer
Datum: 23.2.
Von: Kathrin Brunner <kathrinbrunner@web.de>
An: Hailey <hailey.s@web.de>

Hi Hailey,

war schön, dich auf der Post zu treffen. Finde es auch echt gut, dass du Lena geschrieben hast! Zuhause hab ich Kerstin (Fischer) gleich telefonisch erreicht und die Sache mit der Entschuldigung geklärt. Wie gut, dass die Welt so klein und die Kontakte so unkompliziert sind ;-)

Fände es aber gut, wenn du deine Eltern trotzdem informierst. Es wäre einfach blöd, wenn das mal noch zu einem schlechten Zeitpunkt rauskommt. Du hast (in diesem Fall ...) ja nicht „wirklich geschwänzt", sondern einen guten Grund gehabt, die Schule zu verlassen. Ich glaube, das verstehen auch deine Eltern – wenn du ihnen eine Chance gibst ;-)

LG

Kathrin

Betreff: Re: Entschuldigung für Frau Fischer
Datum: 23.2.
Von: Hailey <hailey.s@web.de>
An: Kathrin Brunner <kathrinbrunner@web.de>

Hey Kate,

ich hätte es wissen müssen. Wie du gesagt hast, habe ich meinen Eltern eine Chance gegeben und ihnen erzählt, dass ich geschwänzt hab und du mich entschuldigt hast. Aber bevor ich erklären konnte, warum, ist meine Mom ausgeflippt. Ich könne doch nicht einfach die Schule schwänzen, nur weil ich keine Lust hätte. Das wäre ja mal wieder typisch für mich, nicht an Konsequenzen zu denken, dass meine schlechten Noten allein meine Schuld seien, ich mir doch mal ein Beispiel an Tom nehmen solle (der ja immer alles perfekt macht). Und dass es ja auch völlig egoistisch von mir wäre, ihr noch mehr Stress zu machen, wo sie doch so viel mit den Zwillingen zu tun hat. Und ich nicht immer nur an mich denken soll und dass es vollkommen unerhört sei, dass du meine Entschuldigung organisiert hast, obwohl du nicht meine Mutter bist und du dich sowieso schon viel zu viel in meine Erziehung einmischst. Nur so als Vorwarnung, bevor sie dich heute Abend anruft …

KATHRINS TAGEBUCH, 25.2.

Ich hab's geschafft! Puh! Bin echt erleichtert! Nach Haileys Mail bin ich ja quasi den halben Abend ums Telefon rumgeschlichen und habe auf den angekündigten Anruf von Alex gewartet. Aber er kam nicht.

Heute Nacht hab ich dann schlecht geschlafen und bin innerlich gefühlte hundert Mal das bevorstehende Gespräch mit Alex durchgegangen. Heute früh hab ich dann mit Hailey gewhatsapped und mir die Erlaubnis eingeholt, Alex von der Situation mit Lena zu erzählen. Und dann hab ich mich aufs Fahrrad geschwungen und hab Alex zu

Hause besucht. Mittwochs hat sie immer unterrichtsfrei und sie war tatsächlich zu Hause. Am Anfang war es ziemlich schwierig, aber dann haben wir echt gut die Kurve gekriegt und ich habe wirklich Hoffnung, dass es sich auch auf die Beziehung von Alex und Hailey auswirken könnte. Das wäre echt genial! Eigentlich sind sich die beiden nämlich ziemlich ähnlich. Aber vielleicht ist das ja auch ein Teil des Problems.

Ich konnte jetzt jedenfalls Alex mal meine Sicht auf Hailey weitergeben - und ich konnte klären, dass ich mich nicht für „die bessere Mutter" halte und ihre Autorität nicht untergraben, sondern vermitteln wollte. Dass das Telefonat mit Kerstin den Eindruck erweckt hat, kann ich im Nachhinein gut verstehen. Es war einfach so naheliegend für mich, weil ich Kerstin schon ewig kenne. Wie das auf Alex wirkt, hatte ich nicht bedacht.

Aber nun sind alle Unklarheiten beseitigt. Wir haben uns wieder versöhnt und mir ist ein Riesengebirge vom Herzen gefallen :-). Schönes Gefühl! Wäre super, wenn das auch Alex und Hailey irgendwann teilen könnten ...

HAILEYS TAGEBUCH, 25.2.

Hey Diary,

heute war ein toller Tag! Zum ersten Mal seit einer gefühlten Ewigkeit geht es mir wieder richtig gut!

Nach der Schule (war ganz normal) hab ich mit Mom geredet bzw. sie wollte mit mir reden. Ich war erstmal skeptisch und hab mich innerlich für einen neuen Krach gewappnet. Aber es kam ganz anders: Mom hat sich bei mir entschuldigt! Meine Mom (!!!) hat einen Fehler zugegeben! Sie hat gesagt, dass es ihr leid tut, dass sie mich gestern angeschrien hat, und sie sich vorwürfe macht, weil sie nicht bemerkt hat, wie es mir ging. Ich war erstmal vollkommen baff. Ich kann mich nicht daran erinnern, dass ich jemals davor wirklich das Gefühl hatte, dass meine Mutter mich und meine Sorgen ernst nimmt und mit mir auf Augenhöhe redet. Danach haben wir auch noch gut weitergeredet und es hat sich ganz normal angefühlt, fast schon wie mit Kate! Ich kann's immer noch kaum glauben!

Nachmittags hatte ich meine erste Fahrstunde nach dem Unfall. Ich bin zwar etwas außer Übung, aber prinzipiell hat alles ganz gut geklappt. Ich muss schon viel weniger über Schalten und so weiter nachdenken, so dass ich mich besser auf den Verkehr konzentrieren kann. Mein Fahrlehrer Oliver ist auch total nett, was mich echt entspannt. Er gibt einem einfach das Gefühl von Sicherheit, aber auch Vertrauen.

Wir sind dann direkt zur Fahrschule gefahren, wo ich bei meiner letzten Theoriestunde war. Die war zwar langweilig, aber am Ende hat Luisa vorgeschlagen, dass wir nach unserer Prüfung (die ist ja schon nächste Woche) zusammen ein Eis essen könnten, entweder zum Feiern oder aus Frust :)

Hat mich zwar überrascht, aber auch gefreut, denn Luisa ist echt nett und Eis ist bei dem Wetter genau das Richtige.

Von Lena weiß ich noch nichts, aber ich denke/hoffe, es geht ihr soweit gut. Hoffentlich wird ihr in der Klinik geholfen, so dass sie bald wieder nach Hause kann...

Deine Hailey

Betreff: Re: Re: Entschuldigung für Frau Fischer
Datum: 25.2.
Von: Hailey <hailey.s@web.de>
An: Kathrin Brunner <kathrinbrunner@web.de>

Liebe Kate,

danke, danke, danke, dass du mit meiner Mom geredet hast! Sie hat sich bei mir entschuldigt und wir hatten ein echt gutes Gespräch! Es war einfach ganz anders als sonst, viel leichter irgendwie, weil ich mir nicht dauernd Stress gemacht habe, ich könnte was Falsches sagen und so einen neuen Streit auslösen …

Mom hat außerdem erwähnt, dass du demnächst wieder einen Babysitter brauchst, und ich wollte nur mal so erwähnen, dass ich Zeit hätte …:)

Von Lena hab ich bisher nichts Neues gehört, aber ich gebe mein Bestes, mir nicht zu viele Sorgen zu machen …

Ansonsten ist auch alles gut bei mir, hoffe, bei euch auch?

Alles Liebe,

deine Hailey

Betreff: Re: Re: Re: Entschuldigung für Frau Fischer
Datum: 26.2.
Von: Kathrin Brunner <kathrinbrunner@web.de>
An: Hailey <hailey.s@web.de>

Liebe Hailey,

wie schön ist das denn!!! Freue mich SEHR, dass ihr so gut reden konntet. Auch für mich war es gut, mit Alex zu reden. Ich hab euch beide echt lieb und fand es in letzter Zeit so schade, dass ihr beiden so aneinander vorbeigeredet habt. Du bist deiner Mom so wichtig! Sie hat dich lieb und es in letzter Zeit einfach nicht geschafft, das für dich spürbar rüberzubringen. Ich wünsche euch beiden, dass dieses Gespräch eine Wende für euer Miteinander sein kann – auch wenn es wieder mal Stress gibt. Das gehört einfach dazu …

Babysitten wäre super gleich nächsten Montagabend. Jörg hat Spätdienst und ich würde mich gerne wieder mal mit Kerstin Fischer treffen. Wir werden NICHT über dich reden. Versprochen!

Okay, ich muss Schluss machen. Mateo muss in den Kindergarten …

Liebe Grüße

Kathrin

HAILEYS DIARY, 2.3.

Hey Diary,

Lena hat geantwortet! Ihre Mutter hat mir ihren Brief gegeben, als ich aus der Schule kam. Ich hab ihn noch im Bus gelesen und hätte fast angefangen zu weinen. Lena geht es gut. Sie hat nicht viel über die Klinik geschrieben, was ich auch total verstehen kann, sondern so wie ich über frühere Geschichten. Wie damals, als wir ihren großen Bruder „beschattet" haben und vor Schreck in den Bach gefallen sind, als er Marie geküsst hat. Das hatte ich genauso verdrängt wie die Ausrede für unsere nassen Sachen…

Ich bin mega froh, dass wir wieder Kontakt haben, wie sehr hab ich doch meine beste Freundin vermisst! Von Lenas Mutter weiß ich, dass sie sie inzwischen besuchen dürfen und Lena nach anfänglichen Schwierigkeiten große Fortschritte macht. Von Jonas hat sie nichts gehört. Das hat mich echt sauer gemacht, er ist doch ihr Freund! So ein Mistkerl!

Zu Hause hab ich für die Theorieprüfung gelernt und Mathehausaufgaben erledigt. Dank SimpleMath hab ich doch tatsächlich sogar Aufgabe 5 kapiert, obwohl die laut Frau Keller „äußerst anspruchsvoll" ist.

Tom hat sich heute mit jemandem getroffen. Schon wieder. Ich muss ihn echt dringend mal fragen, wer dieser jemand ist… Ich wittere, ein Mädchen, so wie er sich verhält… :)

Muss jetzt aufhören, Ben hat Josefine Kaugummi in die Haare geschmiert…

Deine Hailey

Betreff: Bestanden!
Datum: 3.3.
Von: Hailey <hailey.s@web.de>
An: Kathrin Brunner <kathrinbrunner@web.de>

Hey Kate,

ich hab die Theorie bestanden! Bin voll erleichtert, ich war mir bei ein paar Fragen nämlich echt nicht mehr so sicher, aber habe offensichtlich richtig geraten und ohne Fehler bestanden.

Babysitten geht klar, ich denke, ich komme dann wie immer auf halb 8?

Bis dann,

Hailey

HAILEYS DIARY, 3.3.

Hi Diary,

Bestanden! Ich hab die Theorie bestanden! Whoo-hoooo!! Bin total erleichtert, habe auch gleich mal Kate geschrieben. Wie geplant waren wir Eis essen, aber nicht nur Luisa und ich, sondern alle von unserer Fahrschule, die heute ihre Prüfung hatten. Ich hab mich vor allem mit ihr und Josh alias Mr.-Mach-mich-breit unterhalten. Wir haben zum Glück alle bestanden, Luisa hat mit 9 Fehlerpunkten gerade noch bestanden. Sie war einfach meganervös.

Das Training war heute leider nicht so gut... Ich war irgendwie ziemlich kaputt, ohne wirklichen Grund. Und die Aussicht, das Wochenende mit Lernen verbringen zu müssen, hat meine Stimmung auch nicht besonders gehoben. Aber ich bin entschlossen, dieses Mal eine gute Matheklausur zu schreiben, denn eigentlich komme ich mit dem Thema ganz gut klar.

Eben habe ich Lena noch eine Antwort geschrieben, die ich morgen früh beim Joggen einwerfen möchte.

Übrigens: Hatte endlich mal Gelegenheit, Tom wegen „jemand" zu fragen. Er hat erst ein wenig herumgedruckst, aber dann doch zugegeben, dass es da ein Mädchen gibt, das er ziemlich nett findet. Ich wusste es... :)

Deine Hailey

Betreff: Re: Bestanden!
Datum: 4.3.
Von: Kathrin Brunner <kathrinbrunner@web.de>
An: Hailey <hailey.s@web.de>

Hey, wie schön! Glückwunsch zur bestandenen Theorie! Wenn du jetzt noch schnell genug deine Fahrstunden zusammen kriegst, kannst du an deinem Geburtstag mit mir Auto fahren ;-)

Ginge Babysitten auch schon um 18 Uhr? Da könntest du die Jungs vom Kinderturnen abholen, mit ihnen zu Abend essen und sie ins Bett bringen. Das volle Programm also … Aber dann könnte ich mich schon um 17 Uhr mit Kerstin treffen und wir könnten mal wieder einen richtig gemütlichen Saunaabend zusammen haben. Das wäre ziemlich genial. Aber wenn es dir zu viel ist, geht natürlich auch halb acht, wenn die Jungs im Bett sind.

Genieß' deinen Tag!

Kathrin

Betreff: Re: Re: Bestanden!
Datum: 4.3.
Von: Hailey <hailey.s@web.de>
An: Kathrin Brunner <kathrinbrunner@web.de>

Liebe Kate,

ja, ist kein Problem, die Jungs vom Kinderturnen abzuholen. Ich stelle mir das jetzt NICHT bildlich vor mit euch in der Sauna …

Lena ist immer noch in der Klinik. Wir schreiben jetzt Briefe, was auch echt was Neues für mich ist, aber mir irgendwie auch Spaß macht, eben weil es so oldschool ist. Weißt du zufällig, wie lang so ein Klinikaufenthalt normalerweise geht? Ihre Eltern konnten mir keine genaue Auskunft geben …

Hailey

HAILEYS DIARY, 4.3.

Hey Diary,

mein Kopf raucht... Ich hab den ganzen Tag für die Matheklausur gelernt und jetzt bin ich echt kaputt... Aber hey, dafür hab ich fast alles verstanden und fühle mich inzwischen relativ gut vorbereitet. Und jetzt freue ich mich auf einen entspannten Abend mit meinen Freundinnen aus der Schule. Annika hat mich nämlich vorhin zu einem Mädelsabend mit Nora, Emma und Luisa (die aus der Fahrschule, Annika und sie kennen sich vom Tanzkurs) eingeladen. Mom hat sogar erlaubt, dass ich übernachten darf - und das ganz ohne Diskussion...

Ich erzähl dir dann morgen, wie es war :)

Deine Hailey

Betreff: Re: Re: Re: Bestanden!
Datum: 5.3.
Von: Kathrin Brunner <kathrinbrunner@web.de>
An: Hailey <hailey.s@web.de>

Hallo Hailey,

super, dass es schon nach dem Kinderturnen klappt! Mateo und Luca freuen sich auch schon sehr, dass du sie abholst.

Ich weiß, ehrlich gesagt, auch nicht, wie lange so ein Klinikaufenthalt dauert. Ich schätze mal, das ist eine ziemlich individuelle Sache, die stark davon abhängt, wie sehr jemand schon in der Magersucht drin hängt und wie kompliziert die persönliche Geschichte drum herum ist. Dass du mit ihr Briefe schreibst, finde ich jedenfalls super. Das tut ihr bestimmt gut. Und überhaupt ist es einfach schön, dass ihr wieder in Kontakt seid.

Bis Montagabend dann. Ich schätze mal, dass ich gegen 10 Uhr nach Hause komme.

Bye

Kathrin

HAILEYS DIARY, 5.3.

Hey Diary,

gestern Abend habe ich mich ja mit Annika, Nora, Emma und Luisa getroffen. Nora kannte ich davor noch nicht, aber wir haben uns sofort gut verstanden. Annika hatte sturmfrei, was das Ganze noch viel cooler machte. Wir haben zusammen Pizza gebacken, was schon allein viel Spaß gemacht hat und nach einer Weile hat Annika die Musik aufgedreht und wir haben (während die Pizza im Ofen war) laut bei High School Musical und Hannah Montana mitgesungen und eine Tanzperformance hingelegt, die bühnenreif war! Am Ende lagen wir alle mit Bauchschmerzen vor Lachen auf der Couch. Die Pizza war auch echt lecker und wir hatten Zeit, auch mal zu reden und uns kennenzulernen.

Nora ist echt cool drauf, ziemlich rebellisch, das hat sie gleich sympathisch gemacht. Emma ist das genaue Gegenteil von ihr. Sie ist gut in der Schule und hat eine Bilderbuch-Familie. Dachten wir zumindest anfangs... Sie hat uns später erzählt, dass ihr Vater ein „Bronchialkarzinom" hat, also Lungenkrebs. Das hat mich echt geschockt. Die lustige Stimmung war auf einmal weg und wir saßen alle nur bedrückt da. Ich kann mir gar nicht vorstellen, wie es wäre, wenn mein Dad vielleicht sterben würde... Er ist zwar viel bei der Arbeit, aber er ist trotzdem ein sehr wichtiger Teil in meinem Leben. Wie kann man denn überhaupt Spaß haben, wenn man weiß, dass es dem eigenen Vater immer schlecht geht und er jeden Moment sterben kann?

Und dann musste ich plötzlich an Lena denken. Der ging es gerade auch nicht gut und ich war hier mit anderen Mädchen zusammen und hatte ohne sie Spaß. Was war ich nur für eine miese Freundin?

Emma hat dann erzählt, dass sie aber dafür die Zeit, die sie mit ihrem Vater verbringt, immer intensiv nutzt und sie ganz viele coole Aktionen zusammen machen, vom Spielenachmittag über Lesenächte, und als es ihm noch besser ging, ist er sogar mit ihr nach London geflogen. Luisa hat daraufhin von ihrem Vater-Tochter-Wochenende erzählt und irgendwie haben wir so die Kurve gekriegt und hatten doch noch einen schönen Abend. Da Annikas Wohnzimmer der größte Raum im Haus ist, haben wir dort unsere Isomatten im Kreis hingelegt, Chips, Marshmallows und Kekse in die Mitte gestellt und (typisch Mädchen) über Jungs geredet.

Nora hat einen Freund (Lucas) und ist schon seit 2 ½ Jahren mit ihm zusammen! Allgemein scheint sie mehr Kumpels als Freundinnen zu haben. Annika schwärmt seit einiger Zeit für einen Jungen aus dem Tanzkurs, der laut Luisa auch echt heiß sein soll (was er leider auch selbst weiß…). Emma und ich konnten nicht wirklich viel erzählen (ich habe kurz überlegt, von Henry zu erzählen, aber eigentlich bin ich damit inzwischen echt durch und wollte nicht schon wieder alles erzählen), also haben wir stattdessen die anderen gelöchert.

Du wirst nicht glauben, was Luisa erzählt hat, nachdem sie erst ein wenig verlegen rumgedruckst hat: Sie steht auf Josh! Also der Josh von der Fahrschule! Damit hatte ich gar nicht gerechnet! Ich finde die beiden passen irgendwie überhaupt nicht zusammen! Da ich das natürlich nicht sagen konnte, habe ich zugehört, was Luisa so erzählt. Ich finde ja nicht wirklich, dass Luisa die Situation richtig einschätzt, denn bei ihr klang es so, als wäre es nur eine Frage der Zeit, bis die beiden zusammenkämen! Dabei stimmt das gar nicht! Josh hat überhaupt keine Anzeichen gemacht, dass er Luisa auf die Art mag, er ist einfach nur höflich! Keine Ahnung, ob Luisa das eigentlich klar ist, wäre mies, wenn sie vor lauter rosaroter Brille voll gegen die Wand rennt... das Ding ist, wir sind noch nicht soo gut befreundet, dass ich ihr so was sagen könnte, ohne als voll assig zu gelten oder noch schlimmer, vielleicht würde sie denken, ich wäre eifersüchtig! Nee, ich halte lieber die Klappe...

Gegen 3 sind wir dann alle eingeschlafen, obwohl wir ja eigentlich vorhatten, die Nacht durchzumachen...

Jetzt bin ich wieder daheim und habe beschlossen, dass ich unbedingt Kate eine Mail schreiben möchte und sie wegen der „Ohne-Lena-Spaß-haben"-Sache fragen möchte. Tja und danach kann ich mich wohl nicht mehr länger vor Mathe drücken...

Deine Hailey

Betreff: Mädelsabend
Datum: 5.3.
Von: Hailey <hailey.s@web.de>
An: Kathrin Brunner <kathrinbrunner@web.de>

Hey Kate,

gestern Abend war ich bei Annika zu einem Mädelsabend. Es hat richtig Spaß gemacht – und das ist irgendwie das Problem. Ich hatte einen tollen Abend mit Freundinnen, aber ohne Lena. Ich habe gelacht, hatte Spaß und habe dabei vollkommen vergessen, dass meine beste Freundin in einer psychiatrischen Klinik liegt! Ich verstehe nicht, wie ich sie auch nur eine Minute vergessen konnte! Ich bin so eine miese Freundin! Gibt es irgendeinen Trick, wie mir sowas nicht mehr passieren kann?

Hailey

Betreff: Re: Mädelsabend
Datum: 5.3.
Von: Kathrin Brunner <kathrinbrunner@web.de>
An: Hailey <hailey.s@web.de>

Hey Hailey,

so gut ich deine unguten Gefühle nachvollziehen kann, so klar habe ich auch, dass du absolut keine miese Freundin für Lena bist! Du sorgst dich um sie. Du schreibst ihr Briefe. Sie ist dir wichtig und das lässt du sie spüren. Das ist viel kostbare Freundschaft, die ihr lebt und die du ihr schenkst.

Ich fände es im Gegenteil schwierig, wenn du dein Leben nun „solidartraurig“ mit Lena leben würdest. Das würde ihre schwierige Situation in keiner Weise leichter machen und dich nicht nur unnötig belasten, sondern dir auch die Kraft und Lebensfreude nehmen, die du in der Freundschaft mit Lena gerade brauchst. Also: schick alle inneren Vorwürfe in die Wüste, sei für Lena da, wenn sie dich braucht und sorge genauso gut für dich selbst.

Bis später! Ich freue mich schon SEHR auf den Abend. Danke, dass du mir das möglich machst.

Ich drück‘ dich!

Kathrin

HAILEYS DIARY, 6.3.

Hey Diary,

oh Mann, das war ein langer Tag! Jetzt sitze ich bei Kate auf der Couch, die Jungs sind endlich eingeschlafen.

In der Schule sind Annika, Emma und ich ganz selbstverständlich in der Pause zusammen rumgehangen. Das ist echt cool, denn ich kannte Emma bisher nur vom Sehen und jetzt sind wir irgendwie Freundinnen geworden. Wir hatten auch schon überlegt, so einen Abend zu wiederholen (wenn Lena wieder raus ist, kann sie ja vielleicht auch mit dazu kommen?). Emma hat mir außerdem angeboten, mit ihr morgen nach der Schule für Mathe zu lernen. Ich glaube nicht, dass sie weiß, worauf sie sich da eingelassen hat, ich bin echt eine Niete in Mathe…

Oliver hat mich direkt nach der Schule abgeholt zur Fahrstunde. Das war keine so gute Idee. Mein Kopf war noch voll mit dem peruanischem Bürgerkrieg, weswegen ich mich dieses Mal nicht so konzentrieren konnte… Zu Hause wurde der Stress dann auch nicht gerade weniger. Ich hatte vergessen, Mom zu sagen, dass ich heute Fahrstunde hatte, und war während dem Fahren natürlich auch nicht an mein Handy gegangen, als sie mich besorgt angerufen hatte, um zu fragen, wo ich denn stecke. Ich entschuldigte mich, aber Mom hat mir nicht mal wirklich zugehört, weil Josefine und Ben gerade in der Küche Fußball spielen wollten. Irgendwie hatte ich nach unserem guten Gespräch neulich gehofft, dass wir das besser hinkriegen...

Um kurz vor 6 habe ich mich dann auf den Weg zum Kinderturnen von Mateo und Luca gemacht. Ich war etwas zu früh und habe am Rand warten wollen, aber sobald mich die Kleinen sahen, sprangen sie von ihrer Station runter, schrien „Leniiiii" und sprangen mir in die Arme. Mann, habe ich die beiden Süßen vermisst! Der Trainer war offensichtlich nicht so begeistert, dass die Kids alles durcheinander brachten, und kam auf mich zu. Auf den zweiten Blick erkannte ich dann auf einmal, wer der Trainer war. Es war Josh! Als er mich erkannte, sah er nicht mehr soo sauer aus, sondern eher belustigt, was vielleicht daran liegen könnte, dass Mateo und Luca wie Flummis um mich herumsprangen.

„Du bist also die Leni, von der mir Luca und Mateo so gerne erzählen?", war seine Begrüßung. Ich hatte keinen Plan, was er meinte, ahnte aber nichts Gutes... Und ich hatte recht... Josh war noch nicht fertig: „Hast du echt ein Ei auf Lucas Kopf fallen lassen?" Er grinste so richtig spöttisch dabei - grrr!!!

Ich wurde knallrot. Es war passiert, als ich das erste Mal bei den Jungs babysitten war und ich mit ihnen Muffins backen wollte. Dabei ist dummerweise ein Ei von einer schiefen Ablage runter gerollt und Luca auf den Kopf gefallen. Es hat mich eine Stunde gekostet, alles auszuspülen, Lucas T-Shirt zu waschen und den Boden wieder sauber zu machen... obwohl das Ganze schon ewig her ist, können sich die Kleinen noch bis ins letzte Detail daran erinnern und erzählen in regelmäßigen Abständen (und offensichtlich nicht nur mir!) von dem Desaster. Josh schien das alles sehr unterhaltsam zu finden. Immer noch peinlich berührt, nahm ich die Jungs an der Hand und zog sie aus der Halle.

Und jetzt sitze ich auf der Couch und denke darüber nach, warum mir eigentlich so oft peinliche Sachen passieren. Und dass das dann auch noch ausgerechnet vor einem Kerl ausgelacht werden muss! versteh mich nicht falsch, ich steh nicht auf Josh! Aber er ist ein netter Typ - dachte ich zumindest bisher... Ich hätte ihm eigentlich nicht zugetraut, dass er zu den Menschen gehört, die einen für etwas auslachen, was auch schon Jahre her ist...

oh-oh, Mateo ruft, da geh ich mal lieber hin, bevor Luca auch noch aufwacht...

Deine Hailey

Betreff: Re: Re: Mädelsabend
Datum: 7.3.
Von: Kathrin Brunner <kathrinbrunner@web.de>
An: Hailey <hailey.s@web.de>

Hallo Hailey,

danke dir nochmal fürs Babysitten am Montag. Das war einfach super! Die Jungs haben am nächsten Tag auch ganz begeistert erzählt und wollen, dass du sie jetzt immer vom Kinderturnen abholst, weil es so lustig war :-).

Und, ehrlich gesagt, fände ich das auch ziemlich cool… Also ganz im Ernst: Könntest du dir vorstellen, den Montagabend als festen Babysittertermin zu übernehmen? Ich würde total gerne mal wieder regelmäßig Sport machen und das nicht erst nach 20 Uhr, wenn zwar die Kinder schlafen, aber ich auch schon halbtot im Sessel hänge… Es wäre dann auch nicht so lange. Um 20.30 Uhr wäre ich sicher wieder daheim und wenn es mal nicht geht, ist das ja auch kein Problem.

Aber ich habe echt gemerkt, wie gut mir so ein Abend tut, und hätte das gerne öfter. Dass ich dich bezahle, ist ja eh klar und wenn du es dir nicht vorstellen kannst, kann ich das auch verstehen und suche nach jemand anderem. Also überlege es dir in Ruhe und melde dich, wenn du dich entschieden hast.

LG

Kathrin

HAILEYS DIARY, 7.3.

Hi Diary,

nach der Schule haben Emma und ich uns ein leeres Klassenzimmer gesucht und zusammen Mathe gelernt. Okay, den Großteil der Zeit hat sie mir etwas erklärt und trotzdem hat sie es geschafft, noch nebenher ihre Lateinhausaufgaben zu erledigen (wie macht sie das nur?). Es hat aber echt was gebracht, ich verstehe das alles bei ihr viel besser als bei Frau Keller. Ich habe jetzt auch wirklich das Gefühl, dass ich mit dem Thema gut klarkomme. Ich muss es nur noch so oft üben, bis ich es verinnerlicht habe. Trotz Mathe hatten wir echt viel Spaß zusammen und haben uns jedes Mal echt gefeiert, wenn ich etwas Neues gecheckt habe. Ich mag Mathe eigentlich sogar ein bisschen, vor allem diesen Moment, wenn man etwas nach längerem Grübeln auf einmal kapiert und es dann ganz einfach ist.

Noch was Gutes: Lena hat mir wieder geantwortet! Und sie hat zum ersten Mal etwas von der Klinik erzählt oder besser gesagt: von jemandem. Ich finde das ja schon etwas strange, weil Lena ja eigentlich nie etwas mit Kirche oder so zu tun hatte. Sie ist jetzt wohl mit einer Schwester Anna-Clara befreundet, die zum Team der Klinik-Seelsorge gehört. Lena und ein Pinguin? Das passt irgendwie gar nicht zusammen! Allerdings schreibt Lena, dass Schwester Anna-Clara wohl überhaupt nicht diesem typischen Klischee einer Nonne entspricht. Stattdessen soll sie eine sehr lebensfrohe, witzige und unglaublich weibliche Frau sein. Ich kann mir trotzdem nicht vorstellen, dass sie Mädelsabende macht und dann kichernd auf der Couch liegt…

Das Training war heute mal wieder echt hart, Anna findet unsere Ausdauer noch nicht gut genug, weswegen sie beschlossen hat, dass wir, statt normal zu trainieren, Runden laufen. Und zwar das komplette Training! Mit Lena bin ich früher oft joggen gewesen, aber ohne sie macht das nur halb so viel Spaß…

Als ich nach Hause kam, habe ich erst mal ausgiebig geduscht. Kate hatte mir auch noch eine Mail geschrieben. Ich habe mich noch nicht entschieden, ob ich den Montagstermin übernehme. Ich weiß, ich weiß, es ist total idiotisch, dass ich zögere. Ich würde das eigentlich sofort machen, aber ich habe einfach gar keinen Bock, jeden Montag so eine peinliche Szene zu haben, wenn die Jungs wieder irgendwas erzählen... oh Mann, wenn ich das aufschreibe, klingt das ja noch viel bescheuerter! Ich sollte nicht so überempfindlich sein... Das war eine einmalige Sache, ich bin fast 17 und steh da drüber! Ich sag ihr jetzt zu! Basta.

Deine Hailey

Betreff: Re: Re: Re: Mädelsabend
Datum: 8.3.
Von: Hailey <hailey.s@web.de>
An: Kathrin Brunner <kathrinbrunner@web.de>

Hi Kate,

ich kann gerne jeden Montag babysitten, dir viel Spaß beim Sport :)

Wegen Lena: jaa, wahrscheinlich hast du recht… Ich weiß ja auch, dass ich ohne sie Spaß haben „darf", das wollte ich ja auch für sie, wenn ich in der Klinik wäre. Ich habe nur Angst, dass ich, wenn ich ohne sie Spaß habe, sie immer öfter vergesse und wir uns auseinanderleben. Und ich meine, wenn ich mit der Schule fertig bin, dann werden sich bestimmt auch viele Wege trennen und was ist, wenn ich dann all meine Freunde verliere? Meine Mom hat, glaub ich, mit keiner Schulfreundin noch Kontakt und sie hatte sich bestimmt auch mal vorgenommen, dass genau das eben nicht passieren soll… Immerhin triffst du dich noch mit Kerstin Fischer.

Übrigens (nicht verraten!) Tom hat eine Freundin und ich lerne sie heute Abend beim Pokern kennen. Bin SEHR gespannt…

Hailey

Betreff: Re: Re: Re: Re: Mädelsabend
Datum: 8.3.
Von: Kathrin Brunner <kathrinbrunner@web.de>
An: Hailey <hailey.s@web.de>

Hallo Hailey,

danke, danke, danke, dass du die Jungs montags übernimmst! Diese Aussicht fühlt sich einfach super an! Und dann bin ich ja schon echt gespannt, was du über Toms Freundin erzählen wirst.

Ich weiß noch gut, wie es war, als ich deinen Vater kennengelernt habe. Ich war da ja gerade mal 12 und ganz schön skeptisch, was sich durch den Mann an der Seite meiner Lieblingsschwester verändern würde. Mit meinen Brüdern konnte ich in dieser Phase so gar nichts anfangen und der Wechsel war auch krass. Quasi über Nacht war Alex mehr oder weniger nur noch mit Matthias zusammen oder redete über ihn. Das hat mich so angenervt (vermutlich war ich auch ziemlich eifersüchtig …), dass ich richtig zickig wurde, sobald er aufgetaucht ist. Erst mit der Zeit haben wir dann ein zuerst normales und dann ein richtig gutes Verhältnis zueinander entwickelt. Ich fand das alles ganz schön anstrengend. Aber das kann bei Toms Freundin ja auch ganz anders sein. Nur falls es nicht so prickelnd ist: Es kann noch werden ;-)

Wäre schön, wenn du mich auf dem Laufenden hältst …

Kathrin

HAILEYS DIARY, 9.3.

Hey Diary,

es ist schon kurz vor 1, schätze, meine Eltern kommen demnächst heim, deswegen schreibe ich mit Taschenlampe (und fühle mich, als wäre ich wieder 10 und würde heimlich unter der Decke lesen). Ich wollte auch nur noch kurz vom Pokerabend erzählen:

Es war das erste Mal, dass mich Tom zu seinen Freunden mitgenommen hat. Ich bin mir ziemlich sicher, dass er das auch nur gemacht hat, um mir seine Freundin zu zeigen und von mir eine Einschätzung zu bekommen, wie er sie Mom und Dad vorstellen soll. Denn das wird bestimmt eine Riesenüberraschung... Ich gebe zu, ich war im ersten Moment auch etwas sprachlos. Tom ist ja ein eher ruhigerer Typ, gut in der Schule, Computernerd.

Sie ist... anders. Dunkelbraune Haare, die in leichten Wellen ihr Gesicht umrahmen und bis über ihre Brüste fallen. Ihre Augen, auch dunkelbraun, haben einen so intensiven Blick, dass man das Gefühl bekommt, sie könnte in einen hineinschauen, und verursachten mir eine Gänsehaut. Obwohl sie nicht sehr groß ist, tritt sie selbstsicher auf. Der kleine Stecker in ihrem rechten Nasenflügel verleiht ihr einen leicht rebellischen Touch. Hübsch, aber eher in der Art „bad girl". Um ehrlich zu sein, war ich erst mal ein wenig eingeschüchtert. Aber als Tom sie an der Hand nahm, um sie mir vorzustellen, breitete sich ein unglaublich offenes Lächeln auf ihrem Gesicht aus. Ich war mir sicher, dass dieses Lächeln echt war und dass sie sich wirklich freute, mich kennenzulernen. Sie stellte sich selbst als Beca vor, ich schätze, das ist eine Abkürzung für Rebecca.

Das Pokern hat mega Spaß gemacht, auch wenn es ganz anders war als mit meinen Mädels. Ich denke, das liegt einfach daran, dass sie älter sind. Obwohl ich zu Beginn unter dem Namen „Toms kleine Schwester" bekannt war, wurde ich vollkommen akzeptiert und hatte nicht das Gefühl, dass der Altersunterschied ein Problem war. Tom schien voll in seinem Element zu sein, ich habe ihn, glaube ich, selten so entspannt erlebt. Ich schaute immer mal wieder zu ihm und Beca rüber und mir wurde ganz warm ums Herz, als ich sah, wie sie miteinander umgingen. Da waren einfach kleine Berührungen, neckende Sprüche und verliebte Blicke. Es war, als wäre Tom ein anderer Mensch, aber auf jeden Fall ein glücklicher. Es waren noch ein paar andere Jungs und Mädels da, die sich mehr oder weniger aktiv bei Texas Hold'em beteiligten. Tom nannte Beca immer wieder Becs (klingt wie das Bier - Beck's), was, finde ich, sehr gut zu ihr passt. Nach einer ganzen Weile ging Tom auf einmal pleite. Ich wette, das hat er nur Beca zu liebe gemacht... :)

Es war schon echt spät, als ich auf die Uhr sah und mir auf einmal einfiel, dass ich ja morgen Schule habe. Wie gut, dass Mom und Dad heute Nacht zu einem Geburtstag eingeladen sind und deswegen bestimmt noch später kommen, sonst hätten wir bestimmt Stress bekommen... Auf dem Heimweg schien Tom plötzlich doch ein bisschen nervös, als er mich fragte, wie mir „der Abend" gefallen habe. Ich antwortete ihm ganz ehrlich und er schien doch sehr erleichtert. Ich glaube echt, dass das mit Beca etwas Dauerhaftes ist und genau das Richtige für ihn.

Jetzt muss ich aber wirklich mal schlafen...

Gute Nacht

Hailey

Betreff: Beca
Datum: 9.3.
Von: Hailey <hailey.s@web.de>
An: Kathrin Brunner <kathrinbrunner@web.de>

Hey Kate,

wie versprochen, halte ich dich auf dem Laufenden:

Also sie heißt Rebecca, wird aber nur Beca genannt und sieht aus wie das Gegenteil von Tom. Also schwarze Klamotten, Piercing etc. Letztes Jahr hat sie (mit 17…) Realabschluss gemacht und seitdem jobbt sie in einer Kneipe, weil sie noch nicht weiß, was sie werden will. Jaa, so habe ich im ersten Moment auch aus der Wäsche geguckt :)

Krass, gell? Ich finde sie aber total nett und will sie unbedingt noch besser kennenlernen! Die beiden sind auch echt süß zusammen, halt bis über beide Ohren verliebt. Bin nur gespannt, wie Mom auf ihren Style reagiert… Das wird bestimmt noch lustig XD

Nach meiner positiven Reaktion fühlt sich Tom jetzt ermutigt, sie mal zum Abendessen oder so mitzubringen. Genauer Termin steht aber noch nicht, heute sagt er erst mal, dass er mit ihr zusammen ist.

Wie hast du eigentlich Jörg kennengelernt und wie haben Oma und Opa reagiert, als ihnen klar wurde, dass ihr Nesthäkchen auch mal erwachsen wird?

Apropos Oma und Opa: Du kommst doch auch am Sonntag zu Kaffee und Kuchen, oder?

Bis dann

Hailey

Betreff: Re: Beca
Datum: 9.3.
Von: Kathrin Brunner <kathrinbrunner@web.de>
An: Hailey <hailey.s@web.de>

Hi Hailey,

das klingt ja richtig süß mit Beca und Tom! Freut mich, dass du sie auch magst und ein gutes Gefühl bei den beiden hast. Um deine Mom mache ich mir, ehrlich gesagt, keine Sorgen, was die Begegnung mit Beca angeht. Sie hat in der Schule ja mit unterschiedlichsten Schülerstylings und -typen zu tun und lässt sich da, glaub ich, nicht so schnell abschrecken. Ob dein Dad auch so souverän ist, finde ich eher spannend. Er ist ja insgesamt schon ziemlich korrekt ;-)

Du wolltest wissen, wie ich Jörg kennengelernt habe. Das war (voll nach frommem Klischee) in einer christlichen Studentengruppe. Wir waren erst mal eine ganze Weile „nur so" befreundet, waren in derselben Clique und haben uns ziemlich gut kennengelernt. Nach einem guten Jahr habe ich dann gemerkt, dass mir Jörg immer wichtiger wurde und ich mich verliebt hatte. Es hat ziemlich lange gedauert, bis ich mich traute, das anzudeuten… Und als ich mich dann getraut hatte, hat er für mich nur „kleine-Schwester-Gefühle" gehabt. GANZ blöd! Aber nach einer Weile hat sich das dann auch bei Jörg verändert und so sind wir ein Paar geworden. Darüber bin ich bis heute einfach nur froh. Dass wir vorher schon richtig gute Freunde waren und das bis heute geblieben sind, finde ich, ehrlich gesagt, genauso schön wie die wunderschöne, rosarote Schmetterlingsverliebtheit, die wir dann als Paar genossen haben und bis heute immer wieder genießen…

So, nun weißt du Bescheid. Klar sehen wir uns am Sonntag! Freue mich schon!

Bis dahin liebe Grüße

Kathrin

HAILEYS DIARY, 9.3.

Hey Diary,

morgen ist es soweit! Die gefürchtete Matheklausur! Obwohl ich so viel gelernt habe, schiebe ich gerade so ein bisschen Panik… Ich habe total Schiss, dass einfach alles umsonst war und ich nichts auf die Reihe bekomme… Ich vor meinem Blatt sitze und keine Frage beantworten kann, weil in meinem Kopf plötzlich gähnende Leere herrscht und ich alles vergessen habe! Immerhin konnte ich vorhin beim Training etwas abschalten und den ganzen Scheiß für zwei Stunden vergessen.

Übrigens: Tom hat beim Abendessen erzählt, dass er ein Mädchen kennengelernt hat. Ben und Josi haben sofort angefangen zu kichern, Dad sah irgendwie stolz aus und Mom schien vor Neugierde zu platzen. Und sie war ein wenig beleidigt, dass ich Beca schon kennengelernt habe und sie noch nicht.

Aber alles in allem haben sie gut reagiert und sind schon sehr gespannt, sie kennenzulernen. Wie ich es Tom versprochen hatte, habe ich nichts über sie verraten. Er möchte, dass sie vollkommen unvoreingenommen sind.

okay, also ich muss jetzt schlafen, damit ich in Mathe wach bin...

Hailey

KATHRINS TAGEBUCH, 10.3.

Die Beziehung zu Hailey entwickelt sich so besonders, dass ich es gar nicht fassen kann. Sie vertraut mir, lässt mich in ihr Leben schauen und teilt mit mir Geheimnisse (hat mir sogar erzählt, dass Tom eine Freundin hat!).

Einerseits genieße ich das total und möchte das auf keinen Fall aufs Spiel setzen, andererseits plagt mich zunehmend ein schlechtes Gewissen, weil ich ihr gegenüber nicht genauso ehrlich und aufrichtig war, als es um Nicole ging. Natürlich kann ich mich innerlich rechtfertigen und mir Entschuldigungen aus den Fingern saugen, aber wenn ich ehrlich bin, wollte ich doch letztlich einfach nur gut dastehen vor Hailey (und da hatte Alex dann doch recht: ich wollte zwar nicht die „bessere Mutter" für Hailey sein, aber die „coolere Frau in ihrem Leben" schon ...).

Weiß nur nicht, wie ich aus dieser Nummer raus komme. „Die Wahrheit wird euch frei machen", fällt mir gerade ein. Könnte nur sein, dass mich diese Wahrheit vom Vertrauen, das Hailey mir entgegenbringt, „befreit" – und darauf würde ich gerne verzichten.

Könnte eine große Portion Mut und Hlg. Geist brauchen. Bitte, Gott!

HAILEYS DIARY, 10.3.

Hi Diary,

das Unmögliche ist geschehen! Ich habe ein ziemlich gutes Gefühl, was Mathe angeht! Endlich hat sich die endlose Lernerei mal bezahlt gemacht! Ich bin zwar nicht bei allen Aufgaben sicher, aber ich konnte überall etwas hinschreiben und als Emma, Annika und ich in der Pause darüber geredet haben, hatten wir oft die gleichen Ergebnisse. Oh Mann, ich hoffe, es ist eine gute Note ...

Da jetzt (endlich) Wochenende ist, schlug Annika vor, zur Feier des Tages noch einen Mädelsabend zu machen, und Emma meinte, wir könnten gerne zu ihr kommen. Also fuhr ich nach meiner Fahrstunde (besser als die letzte) mit dem Fahrrad zu Emma nach Hause. Sie wohnt in einer eher kleineren Wohnung am Stadtrand. Als ihr Vater mich begrüßte, konnte ich nicht verhindern, dass ich sofort an seine Krankheit dachte. Nora und Luisa waren auch gekommen und wir verzogen uns schnell in Emmas Zimmer, wo wir ein Matratzenlager aufbauen mussten, um alle Platz zu finden.

Na ja, und dann ist etwas passiert, was ich mir im Nachhinein einfach nicht erklären kann. Mir ist Ehrlichkeit eigentlich ziemlich wichtig. Aber als wir über Umwege zum Thema Sex kamen... - sogar Emma (und die hat doch echt gar nichts mit Jungs zu tun!) konnte von Kusserfahrungen berichten - und als mich dann alle erwartungsvoll anblickten und Noras Blick, je länger mein Zögern andauerte, immer mitleidiger wurde, fand ich auf einmal, dass eine kleine Notlüge eigentlich echt kein Drama ist. Idiotisch, wie ich war, war der erste Name, der mir einfiel, Nils. Wie kam ich nur auf Nils?! Und da mein imaginärer Sommerflirt schon Nils getauft war, beschloss mein Gehirn gleich noch die „Händchen-halten-Geschichte" aus dem Kindergarten mit Nils einfach 13 Jahre nach hinten zu verschieben und entsprechend anzupassen. Darf ich vorstellen? Helena Schneider, 16, hatte letzten Sommer einen Ferienfreund, mit dem sie geschlafen hat.

Ich. Bin. So. Bescheuert! Ich lüge meine besten Freundinnen an? Und dann erfinde ich auch noch so einen Scheiß? Wie kann man nur so blöd sein?! Sobald die Worte aus meinem Mund waren, hätte ich sie am liebsten rückgängig gemacht... Vor allem, als Annika dann zugab, dass ihre Erfahrungen bisher nicht so schön gewesen waren. Sie schien kein Problem damit zu haben, so etwas zuzugeben... Oh Mann... Ich habe mich danach nicht mehr sehr an den Gesprächen beteiligt, um nicht aus Versehen etwas zu sagen, was mich verraten könnte. Ich hoffe einfach, dass wir nie wieder darüber reden. Ich werde das Thema jedenfalls bestimmt nicht nochmal anschneiden...

Hailey

Betreff: Re: Re: Beca
Datum: 11.3.
Von: Hailey <hailey.s@web.de>
An: Kathrin Brunner <kathrinbrunner@web.de>

Hey Kate,

Heute Abend kommt Beca vorbei – kann dir dann morgen vielleicht schon erzählen, wie's war.

So ganz einfach klingt die Beziehungsstory von dir und Jörg ja auch nicht. Hätte ich gar nicht gedacht. Ihr wirkt immer so, als wärt ihr schon immer superglücklich und perfekt.

Ich hab heute Mathe geschrieben und zum ersten Mal seit Ewigkeiten die Hoffnung, dass sich meine Lernerei gelohnt haben könnte. Das wäre echt nötig.

Muss jetzt gleich los, wir haben noch ein wichtiges Fußballspiel und ich bin in der Startelf.

Bis morgen

Hailey

HAILEYS DIARY, 11.3.

Hey Diary,

sieht ganz so aus, als hätte Annas Ausdauertraining doch etwas gebracht. Wir haben unsere Gegner im heutigen Match in Grund und Boden gerannt. Und obwohl mein Körper jetzt ziemlich weh tut, hat es richtig Spaß gemacht, sich mal wieder voll zu verausgaben. Tom und Beca kamen als Überraschung auch zum Spiel!

Ich konnte leider nicht lange bei der Siegesfete bleiben, weil wir nach Hause zum Essen mussten, wo Beca unsere Familie kennenlernen sollte. Während der Fahrt war sie gelassen, doch als wir auf die Haustür zugingen, wirkte sie dann doch ein wenig nervös. Sieht so aus, als wäre sie auch nur ein Mensch. Doch diese anfängliche Nervosität war nichts im Vergleich zu ihrem entsetzten Gesichtsausdruck, als sie meine Mom sah. „Frau Schneider?!" - „Rebecca?!". Tom und ich sahen uns an und fragten uns, wann genau wir den entscheidenden Moment verpasst hatten. Kannten sich die beiden etwa?

Es stellte sich dann heraus, dass meine Mom vor ein paar Jahren Becas Lehrerin gewesen war. Meine Mom nahm sie kurz zur Seite, während wir anderen schon auf die Terrasse gingen. Tom schien kein so gutes Gefühl dabei zu haben, seine Freundin gleich mit unserer Mutter alleinzulassen, aber ich zog ihn mit nach draußen. Mom würde das schon machen. Den restlichen Abend wussten sich unsere Eltern zu benehmen und waren aufmerksame, höfliche und zum Glück auch keine peinlichen Gastgeber. Beca entspannte sich schnell und schon nach kurzer Zeit hatte man das Gefühl, sie wäre schon lange Teil dieser Familie.

Soweit ich das aus den Gesichtern von Mom und Dad lesen konnte, schienen sie zufrieden, obwohl Dad seine Überraschung in Bezug auf Toms Geschmack zu Beginn nicht so gut verbergen konnte. Alles in allem lief der Abend aber reibungslos und ich war selbst ganz erleichtert, keine Ahnung warum eigentlich.

Beca erzählte Tom und mir später, Mom hätte ihr einfach gesagt, dass sie jetzt nicht in der Schule seien und dass sie sich darauf freue, Beca auch mal so kennenzulernen. Mom ist wohl auch immer eine ziemlich gute Lehrerin gewesen. Während andere Lehrer nicht wussten, wie sie mit Beca umgehen sollten, als sie ein paar schwierige Phasen hatte, war meine Mom immer freundlich geblieben und hätte sich mit ehrlichem Interesse um ihre Schüler gekümmert.

Bin ja schon ein wenig überrascht, aber auch irgendwie stolz…

Hailey

Betreff: Schwierig…
Datum: 12.3.
Von: Kathrin Brunner <kathrinbrunner@web.de>
An: Hailey <hailey.s@web.de>

Liebe Hailey,

diese Mail fällt mir nicht leicht. Eigentlich möchte ich seit Tagen (oder Wochen) mit dir sprechen, aber ich finde nicht den richtigen Zeitpunkt. Auch heute habe ich keine Lücke gefunden. Vermutlich bin ich auch ein bisschen feige… Deshalb habe ich jetzt beschlossen, dir zu schreiben, und wenn du magst, können wir morgen Abend nach dem Sport noch miteinander reden.

Du hast geschrieben, dass Jörg und ich zusammen als Paar ziemlich perfekt wirken und auch Alex hat mir im Gespräch neulich rückgemeldet, dass ich „mich zu gut verkaufe" und dein Bild von mir vielleicht nicht ganz realistisch ist.

Oh Mann, du merkst, ich drücke mich… Also: Ich bin nicht perfekt, aber ich gebe mir große Mühe, so zu wirken. Und ganz konkret habe ich dir bei der Geschichte mit Nicole nicht die ganze Wahrheit gesagt bzw. dich angelogen. Nicole war meine Freundin, sie war magersüchtig und hat sich das Leben genommen. Aber ich war ihr nicht die gute Freundin für sie, die ich dir geschildert habe. Ich habe nicht „alles" für sie getan, sondern, ehrlich gesagt, ziemlich wenig. Du hast dich in deiner Klasse vor Lena gestellt und die Jungs in ihre Schranken verwiesen. Ich war so feige, dass ich in einer ähnlichen Situation aus dem Zimmer gegangen bin, um nicht Stellung beziehen zu müssen. Ich habe ihr einen (!) Brief in die Klinik geschrieben, nicht „viele", wie ich es gesagt habe. Und diesen Brief habe ich nach ihrem Suizid in einer Tasche gefunden. Ich habe es (ehrlich!) vergessen, ihn abzuschicken. Sie hat nie einen Brief von mir bekommen und bis heute fühle ich mich schuldig und frage ich mich, ob sie noch leben würde, wenn ich ihr eine bessere Freundin gewesen wäre.

Liebe Hailey, ich kann mir nur zu gut vorstellen, wie enttäuscht du jetzt von mir bist. Sowohl darüber, wie ich damals gehandelt habe, als auch darüber, dass ich diese Geschichte „schöngeredet" habe. Es tut mir so leid! Bitte verzeih' mir und lass uns im Gespräch bleiben.

Viele liebe Grüße

Kathrin

HAILEYS DIARY, 12.3.

Hey Diary,

Kate hat mich angelogen. Ich habe mich damals schlecht gefühlt, weil ich mich mit Lena gestritten habe, und habe ihr geglaubt, als sie mir von Nicole erzählt hat. Sie war für mich immer ein Vorbild und irgendwie fehlerlos. Natürlich war mir klar, dass sie auch nicht perfekt sein kann, aber ich bin trotzdem geschockt, dass sie gelogen hat, um besser dazustehen.

Ich weiß gerade gar nicht, was ich denken soll... Ich bin enttäuscht. Aber ich weiß auch, dass ich echt kein Recht habe, sie zu verurteilen, denn ich bin kein Stück besser. Beim Mädelsabend habe ich genau das Gleiche abgezogen. Gelogen, um besser dazustehen. Oh Mann, jetzt hab ich schon wieder so ein schlechtes Gewissen, dabei wollte ich das doch einfach vergessen!

Kate hatte bestimmt auch ein schlechtes Gewissen, sie ist mir bei Oma und Opa auch ziemlich aus dem Weg gegangen. Ob es ihr jetzt besser geht, wo sie mir davon geschrieben hat? Vielleicht würde es mir ja auch besser gehen, wenn ich den Mädels die Wahrheit beichten würde... Nein, nein, nein, das mach ich nicht. Das Ganze würde nur noch peinlicher werden und sie wollen bestimmt nicht mehr mit mir befreundet sein, wenn sie wissen, dass ich sie angelogen habe. Das bei Kate ist etwas ganz anderes. Wenn ich jetzt zugebe, gelogen zu haben, mache ich nur alles kaputt!

Morgen werde ich mit Kate reden, über die andere Sache denke ich einfach nicht mehr nach und dann wird alles wieder wie vorher. Ich krieg das hin. Punkt.

Hailey

HAILEYS DIARY, 13.3.

Hi Diary,

also ich bin mir ja immer noch nicht 100%ig sicher (vor allem, weil es einfach unlogisch wäre), aber Frau Keller hat mich heute auffällig oft angelächelt und angeblich schon die Hälfte der Klausuren korrigiert. Ich versuche echt, mir keine Hoffnungen zu machen, aber sogar Annika ist aufgefallen, wie nett Frau Keller heute war, also muss das doch etwas heißen, oder nicht? Na ja, bald weiß ich ja Bescheid...

Viel wichtiger heute war das Babysitten. Ich bin ja ganz gut im Verdrängen, deswegen ist mir auch erst kurz vor der Halle eingefallen, dass Josh der Trainer ist. Ich war schon wieder zu früh dran und wollte auf keinen Fall schon reingehen, weswegen ich so tat, als wären die Anzeigen am Schwarzen Brett das Interessanteste, was ich je gelesen hätte. Als ich die anderen Kinder rausstürmen sah, ging ich langsam zur Hallentür, um mir einfach schnell die Jungs zu schnappen und abzuhauen. Natürlich ging mein Plan nicht auf, Josh stand am Eingang und hielt den Kindern die Tür auf. Er entdeckte mich sofort. Als ich mich umdrehen wollte, kam er so straight auf mich zu, dass er über ein Kind stolperte und sie sich beide auf dem Hosenboden wiederfanden. Ich wollte ja eigentlich jedes Gespräch mit Josh vermeiden, aber irgendwie war die Situation so absurd, dass ich doch stehenblieb. Er hat sich dann tatsächlich und aufrichtig bei mir für letzte Woche entschuldigt. Damit hatte ich überhaupt nicht gerechnet. „Ähm, nicht schlimm?", brachte ich zögernd heraus. Josh sah erleichtert aus, lächelte mich an und sagte im Gehen noch: „Okay, gut! Wir seh'n uns." Ich stand immer noch etwas verdutzt da, bis Luca und Mateo aus der Umkleide kamen. Irgendwie war das ja schon süß von Josh gewesen...

Wow, Stop! Habe ich gerade echt Josh und süß in einem Satz gedacht? Was geht denn bei mir schief? Ich stehe doch nicht auf Josh! Ich stehe auf gar keinen Jungen, von denen habe ich immer noch die Nase voll! Ich bin quasi immun gegen so etwas. Ich sollte es zumindest sein... Und außerdem steht Luisa auf ihn, also ist er sowieso tabu! Allerdings... kann ich ihn ja auch einfach als Kumpel süß finden oder? Hmmm...

Als Kate nach Hause kam, schliefen die Jungs schon lange. Sie wirkte nervös, als sie sich zu mir auf die Couch setzte. Ich wusste nicht, wie ich anfangen sollte, aber die Stille war mir irgendwann so unangenehm, dass ich einfach drauflosredete. Ich sagte ihr, dass ich ihr nicht böse sei und dass es menschlich sei, Fehler zu machen, und dass ich eigentlich erleichtert wäre, dass sie nicht perfekt ist, weil ich es ganz bestimmt nicht sei, denn mir wäre letzten Freitag etwas ganz ähnliches passiert und ich hätte jetzt auch ein furchtbar schlechtes Gewissen, weil ich gelogen habe.

Erst dann fiel mir auf, dass ich da etwas mehr preisgegeben hatte als geplant. Kate sah mich auch etwas irritiert an, bestimmt hatte ich nur Mist gefaselt. Etwas ruhiger erzählte ich ihr von Freitag und dass ich ihr eben deswegen nicht böse sein könnte. Sie wirkte erleichtert, dass ich nicht sauer war, und vielleicht hat meine Geschichte ihr ja auch ein bisschen geholfen.

Danach hatten wir auch noch ein echt gutes Gespräch und wir waren, glaube ich, einfach beide erleichtert, dass wir das geklärt hatten. Und ich bin echt froh, dass Kate und ich jetzt wirklich auf Augenhöhe sind und nicht immer nur sie die perfekte, weise Ratgeberin ist... Mutiger als ich ist sie trotzdem, denn sie hat es zugegeben und ich (noch?) nicht...

Hailey

KATHRINS TAGEBUCH, 14.3.

Ich hab's geschafft! Am Sonntag habe ich Hailey eine ehrliche Mail geschrieben. Habe gemerkt, dass mir das leichter fällt (und ich mich dann nicht mehr um das Gespräch drücken kann, wenn ich den Gesendet-Button gedrückt habe ...), und ich hatte auch die Hoffnung, dass sie vielleicht nicht ganz so geschockt ist, wenn sie die Nachricht erstmal sacken lassen kann (oder vielleicht auch einfach, dass ich den ersten Schock nicht hautnah mitbekomme ...). Jedenfalls hatte ich auf dem Heimweg ein ziemlich mulmiges Gefühl und die ersten Minuten waren auch echt peinlich-unangenehm für mich. Aber dann kamen wir ins Gespräch und ich kann einfach nur den Hut vor Hailey ziehen.

Sie vertraut mir trotzdem weiterhin, hat mir sogar eine ähnlich blöde Geschichte mit ihren Freundinnen erzählt und irgendwie sind wir uns durch diese ganze Situation sogar noch nähergekommen. Merke, dass es auch mich entlastet, nicht mehr „perfekt rüberkommen zu müssen". Wahrheit macht tatsächlich frei! Nur der Weg dorthin ist kein leichter ...

HAILEYS DIARY, 14.3.

Hey Diary,

Dad hat mir nach dem Training einen Brief gegeben, der heute für mich ankam. Es war die Antwort von Lena. Sie hatte gute Neuigkeiten! Nach der Meinung der Ärzte ging es ihr soweit gut, dass sie in ein paar Tagen Besuch empfangen darf (also auch von Nicht-Familienangehörigen)! Sie schlug vor, dass ich ja am kommenden Samstagabend zu ihr kommen könnte und wir gemeinsam zu einem „Taizé-Gebet" gehen, zu denen sie angeblich seit einiger Zeit geht.

Ich war im ersten Moment ja schon etwas irritiert. Erst diese Nonne und jetzt noch Gebetsgottesdienste? Was ist mit meiner Freundin los? Allerdings … sie klingt schon fast wieder richtig glücklich und alles, was ihr gut tut, will ich unterstützen.

Ich erinnere mich gerade an diesen Abend vor 3 Wochen. Da hat Kate mir diese Mutterschaf-Geschichte erzählt. Ich hab das ja nicht so richtig an mich rangelassen. Aber dann konnte ich nicht einschlafen und saß am Fenster und hab in die Nacht geschaut. Und dann kamen die Worte in mir fast von alleine hoch. Und ich habe gebetet - seit wie vielen Jahren??? Gebetet, dass Gott Lena hilft. Inzwischen hatte ich es schon wieder vergessen, aber jetzt geht es ihr tatsächlich besser. Besser, weil sie Gespräche mit einer Nonne hat und zu Gebetsgottesdiensten geht. Kann es sein, dass Gott da echt etwas geändert hat? Das wäre … krass, aber auch cool.

Also, falls es so ist: Danke, Gott! Danke, dass du dich um Lena gekümmert hast!

Hailey

Betreff: Kommst du?
Datum: 15.3.
Von: Kathrin Brunner <kathrinbrunner@web.de>
An: Hailey <hailey.s@web.de>

Liebe Hailey,

danke nochmal für Montagabend. Ich bin so froh, dass wir reden konnten und jetzt nichts mehr zwischen uns steht! Ich habe ja nächste Woche Geburtstag und würde am Freitagabend eine kleine Party schmeißen.

Hättest du Lust, auch zu kommen? Deine Eltern und Tom (mit Beca versteht sich, möchte sie unbedingt kennenlernen …) habe ich auch schon eingeladen. Es werden so 20-25 Leute sein, von daher geht nur Buffet mit Fingerfood. Falls du also deine genialen Muffins beisteuern wolltest, wäre das ein super Geburtstagsgeschenk ;-)

LG

Kathrin

HAILEYS DIARY, 15.3.

Hi Diary,

ich bin so ein Genie! Frau Keller hat uns heute die Matheklausuren zurückgegeben und ich habe 11 Punkte!!! 11! Ich wäre am liebsten bis zur Decke gesprungen! Frau Keller sah auch echt zufrieden aus und sagte mir, dass sie wirklich stolz auf mich wäre und man total sehen konnte, dass ich gelernt hatte. Emma hatte - Wahnsinnsüberraschung - 15 Punkte und Annika 12, was für sie auch ein Erfolg ist.

Nach dem Nachmittagsunterricht sind wir zusammen zur Eisdiele nebenan gegangen, um das gebührend zu feiern. Leider musste Annika schon nach 10 Minuten los zum Tanzkurs, aber das war auch nicht weiter schlimm, weil Emma und ich ja gut klarkommen. Wir haben über alles Mögliche geredet und kamen auch irgendwann auf ihren Vater. Emma hat erzählt, wie sie sich Sorgen um ihn macht. Klar, sie lebt ihr Leben weiter, aber sie hat trotzdem jeden Morgen, wenn sie zur Schule geht, Angst, dass etwas passieren könnte. Deswegen versucht sie sich auch immer ganz bewusst von ihm zu verabschieden und jeden Moment mit ihm zu genießen.

Ich war auf einmal unglaublich dankbar für meine Eltern. Klar, manchmal sind die echt anstrengend, aber sie sind gesund! Ich merke selber, dass ich vieles für selbstverständlich nehme, und dazu gehört auch Gesundheit. Ich habe noch nicht mal eine Allergie!

Warum muss Emmas Vater so krank sein? Er hat doch gar nichts getan! Wenn es diesen guten Hirten gibt, wie Kate sagt, wieso kümmert er sich dann nicht um alle Lämmchen, sondern lässt zu, dass so viele leiden müssen?

Hailey

Betreff: Re: Kommst du?
Datum: 16.3.
Von: Hailey <hailey.s@web.de>
An: Kathrin Brunner <kathrinbrunner@web.de>

Hey Kate,

ich komme sehr gerne zu deinem Geburtstag und mache auch gerne meine Spezial-Muffins :)

Ich muss dich aber leider enttäuschen, weil du ja Beca kennenlernen wolltest. Sie muss an dem Abend arbeiten, aber es ergibt sich bestimmt noch mal eine Gelegenheit, also keine Sorge.

Hast du mal von Taizé gehört? Lena hat mich nämlich zu einem „Taizé-Gottesdienst“ nächsten Samstag in der Klinik eingeladen und ich habe, ehrlich gesagt, keinen Plan, was da auf mich zu kommt…

Hailey

HAILEYS DIARY, 16.3.

Hey Diary,

ich hab DIE Idee für Kates Geburtstag! Ich schenk ihr einen Gutschein für einen Mädelsabend. Wir machen uns chic und dann gehen wir in Becas Kneipe! Damit schlagen wir nämlich gleich zwei Fliegen mit einer Klappe: Wir haben einen schönen Abend zusammen und sie lernt Beca kennen!

Apropos schöner Abend: Heute haben wir seit Ewigkeiten mal wieder einen richtig schönen Familienabend gemacht. Habe mich in den letzten Monaten ja vor solchen Aktionen gedrückt, weil ich von der ganzen Truppe (außer Tom) so genervt war, dass ich dazu echt keinen Bock hatte. Aber heute war Beca mit dabei, mit meinen Eltern ist es im Moment echt okay, mit den Zwillingen auch und außerdem geht mir das Gespräch mit Emma noch nach...

Wir haben (wie früher) Karriere-Poker gespielt und obwohl Beca das Spiel noch nicht kannte, hatte sie schnell den Bogen raus. Es hat total Spaß gemacht und ich war so glücklich, dass ich am liebsten geheult hätte! Ich bin ja so ein Mädchen! Und im PMS-Tief...

Na ja, auf jeden Fall war es einfach ein mega schöner Abend und ich freue mich so, Lena in 2 Tagen zu sehen!

Deine glückliche Hailey

Betreff: Re: Re: Kommst du?
Datum: 17.3.
Von: Kathrin Brunner <kathrinbrunner@web.de>
An: Hailey <hailey.s@web.de>

Hey Hailey,

wie schön, dass du kommst und Muffins mitbringst! Und zu blöd, dass Beca arbeiten muss. Hätte sie zu gerne bald mal kennengelernt …

Taizé ist ein kleiner Ort im Burgund. Dort lebt eine ökumenische Gemeinschaft, die zu Pfingsten (und ich glaube, auch sonst, aber ich war halt Pfingsten da) große Jugendtreffen veranstaltet. Zumindest war das früher so. Ich war da mal als Teenager. Von der Art, Gottesdienst zu feiern, war ich am Anfang etwas überrascht, weil es so anders war, als ich es kannte. Aber dann habe ich gemerkt, dass mir diese ruhigen Gesänge echt gut getan haben, und es war auch von der Gemeinschaft her toll.

Von daher: Ich weiß zwar nicht, wie das in Lenas Klinik genau abläuft, aber du musst keine Angst haben, tut nicht weh ;-)

Kannst mir dann ja mal erzählen, wie es war.

LG

Kathrin

P. S.: Kannst ja mal auf YouTube gehen, da hab ich gerade vorbei geschaut, und du findest viiiiiiele Taizé-Eindrücke …

HAILEYS DIARY, 17.3.

Hi Diary,

sieht so aus, als wäre das Immunsystem von Frau Fuchs doch nicht gegen alles gewappnet! Sie war heute echt mal krank (kam das überhaupt schon mal in ihrer

Berufszeit vor?), wodurch spontan Bio ausfiel. Yeah, 5./6. frei! Doch das Krasseste kommt noch! Dadurch, dass ich früher nach Hause kam, habe ich etwas mitbekommen, was vermutlich nicht für meine Augen gedacht war...

In unserer Einfahrt stand Josi und ein Junge. Ich dachte erst, es wäre Ben, aber dann erkannte ich ihn! Es war Fynn, der letztes Jahr beim Krippenspiel den Josef gespielt hatte und mit Josi in eine Klasse geht! Schon damals hatte ich das Gefühl gehabt, dass Josi ihn ziemlich mochte. Zumindest hatte sie immer angefangen zu stottern, wenn er in der Nähe war, und Lina, die die Maria gespielt hat, hatte ihren Todesblick geerntet. Und jetzt standen die beiden da zusammen und schienen ins Gespräch vertieft. Ich beschloss spontan, hinten durch den Garten zu gehen, um die beiden auch ja nicht zu stören...

Als Josi dann einige Zeit später mit geröteten Wangen reinkam, wartete ich auf der Couch. Nach einigem Herumgedruckse erzählte sie mir schließlich alles. Ich habe so das Gefühl, dass sie das schon lange jemandem hatte erzählen wollen. Sie war echt süß! Ich habe mich auf einmal wie mit Kate gefühlt, nur dass ich jetzt die Ältere war! Ich musste ihr versprechen, dass ich kein Sterbenswörtchen weitersage. Das wurde gleich am Nachmittag auf die Probe gestellt, als ich Tom Vokabeln abgefragt habe. Er fand nämlich, dass Josefine sich irgendwie seltsam benehme... Aber ich verriet nichts, wie es sich für ein Mädchen mit einem Geheimnis gehört.

Hailey

HAILEYS DIARY, 18.3.

Hey Diary,

Heute ist Samstag. Heute sehe ich Lena wieder. Es ist idiotisch, aber ich bin irgendwie echt nervös... wir haben uns so lange nicht mehr gesehen und das letzte Mal haben wir uns ja gestritten... Klar, dazwischen waren die Briefe, aber das zählt irgendwie nicht. Sie hat sich bestimmt verändert! Und ich weiß gar nicht, wie ich mit ihr umgehen soll... Und ich weiß ja auch nicht, wie es ihr genau geht! was ist, wenn ich irgendetwas Falsches sage und wir uns wieder streiten? oder wenn wir uns anschweigen, weil wir uns nichts zu sagen haben? Über was darf ich überhaupt mit ihr reden? Themen wie Essen sind natürlich no-go's, aber gibt es sonst noch irgendwelche Tabus? vielleicht ist sie ja sauer, wenn ich ihr von den Mädelsabenden erzähle, weil Annika ja eigentlich mehr ihre Freundin ist? ohhhh, ich weiß echt nicht, ob ich das hinkriege...

Hailey

KATHRINS TAGEBUCH, 18.3.

Ich hoffe, dass es wirklich eine gute Entscheidung war, meinen Geburtstag mal wieder ordentlich zu feiern. Ich habe in der Annahme, dass etliche Leute sowieso keine Zeit haben werden, großzügig eingeladen und jetzt kommen alle ... Ich hoffe auf gutes Wetter, damit wir Terrasse und Garten mit nutzen können. Sonst wird's arg eng.

Buffetmäßig sieht es gut aus. Es bringt quasi jeder was mit. Alex hat versprochen, das Singstar mal wieder mitzubringen, und ich freue mich schon auf das Karaoke-Battle, zu der sie mich heraus gefordert hat.

Britta bringt die Gitarre, die Feuerschale und Stockbrotteig mit (wenn das Wetter gut ist - bitte, Gott!).

Bernd hat angekündigt, seinen Pokerkoffer mitzubringen. Ich bin soooo froh, dass es ihm besser geht. Die Chemo scheint gut gewirkt zu haben, die letzten Blutwerte waren gut und wenn es so weitergeht, kann er bald wieder arbeiten. Jörg ist auch ganz optimistisch, dass dieser Scheißkrebs diesmal nicht das letzte Wort haben wird. Die Jungs freuen sich auch schon sehr, ihn mal wieder zu sehen. In der Gemeinde war er die letzten Wochen v. a. wegen der Ansteckungsgefahr kaum. Sein Immunsystem war einfach so runter, dass das Risiko für ihn zu groß war.

Bin immer wieder nur froh, dass wir alle gesund sind, und darf gar nicht darüber nachdenken, dass ich keine Garantie dafür habe, dass es so bleibt. Immerhin habe ich das Versprechen, dass Gott dabei sein wird, egal, was kommt. Aber erleben möchte ich es trotzdem nicht …

HAILEYS DIARY, 18.3.

Hi Diary,

meine ganze Panik, dass Lena sich so verändert hat, dass wir uns nicht mehr verstehen, war umsonst. Obwohl … am Anfang war es schon komisch. Als wir uns begrüßt haben, sah Lena irgendwie nicht wirklich so aus, als würde sie sich freuen, mich zu sehen. Sie war eher abwesend und starrte immer wieder ins Nichts. Ich hatte keine Ahnung, wie ich damit umgehen sollte, und machte mir echt Sorgen, dass ihr Zusammenbruch vielleicht Langzeitfolgen haben könnte.

Noch bevor das Gebet begann, lernte ich Schwester Anna-Clara kennen. Sie ist wirklich total nett und irgendwie energiegeladen. Sie schien sich auch wirklich zu freuen, dass ich gekommen bin. Im Gegensatz zu Lena, die nur schweigend dastand und auf ihre Füße starrte. Schwester Anna-Clara hat meine Unsicherheit wohl gespürt. Sie warf mir einen beruhigenden Blick zu, bevor wir in die kleine Kapelle gingen. Es war recht schummrig und zahllose Kerzen waren verteilt. Vorne lag ein Kreuz, umgeben von roten, orangenen und gelben Tüchern. Zu Beginn wusste ich nicht so richtig, was ich von dem Ganzen halten sollte. Es wurde eigentlich fast nur gesungen. Die Lieder waren ziemlich ruhig, viele klangen eher traurig und bestanden oft nur aus 1-2 Sätzen, die dafür aber unglaublich oft wiederholt wurden. Obwohl die Lieder neu für mich waren, kannte ich sie durch die Wiederholungen schnell auswendig und achtete gar nicht mehr so genau auf das, was ich sang. Die Worte kamen von ganz allein, während meine Gedanken abschweiften. Es war eigentlich doch ganz schön hier, irgendwie besonders. Ein Ort, an dem man den Alltag und die stressige, immer hektische Welt vergessen konnte.

Aber als ich nach einer Weile zu Lena rüberlinste, war es mit meiner Ruhe vorbei. Sie saß ganz gerade auf ihrem Platz und starrte auf den Rücken ihres Vordermanns, während ihr lautlose Tränen über die Wangen liefen. Ich hatte keine Ahnung, warum sie weinte. Ob ich etwas falsch gemacht hatte, oder ob es einfach nur die Atmosphäre war, die zugegebenermaßen Heul-Potential hatte. Ich blieb erst mal still sitzen und hoffte, dass sie sich von alleine wieder beruhigte. Aber Lena weinte immer heftiger und ihre Nase begann zu laufen.

Ich wurde ziemlich nervös, weil ich nicht wusste, ob sie etwas und wenn ja, was sie brauchte, oder ob das in einer Klinik normal ist. Dann stand Lena plötzlich auf und verließ hektisch die Kapelle. Ich schaute mich hilfesuchend nach Schwester Anna-Clara um. Die spielte aber gerade Gitarre und konnte nichts tun, außer mir mit dem Kopf anzudeuten, dass ich Lena wohl folgen sollte.

Die Musik war draußen nur noch gedämpft, so dass ich Lenas Schluchzen sofort hörte. Sie saß an der Seite der Kapelle auf einer Bank. Zögernd setzte ich mich zu ihr. Doch sie schien mich kaum zu bemerken, zumindest sah sie nicht auf. Sie wich aber auch nicht zurück, also legte ich ihr vorsichtig den Arm um die Schultern. Lena weinte nur noch heftiger und vergrub ihr Gesicht in meine Schulter. Nach einer Weile schaffte sie es, sich soweit zu beruhigen, dass sie mir erzählen konnte, was eigentlich los war: Sie hatte heute einen Brief von Jonas bekommen. Da er ja wüsste, dass Lena „Zeit für sich brauchte", schlug er vor „eine Pause zu machen".

Mir war sofort klar, was das eigentlich bedeutete. Er machte Schluss. Jetzt, wo Lena ihn wirklich gebraucht hätte, machte er Schluss. Die Aussage, von wegen Lena brauchte Zeit für sich, war nur eine Ausrede, um nicht zugeben zu müssen, dass er nicht mit einer zusammen sein wollte, die in einer Klinik war. Ich wurde so unglaublich wütend, dass ich am liebsten - ich weiß gar nicht was. Mir fällt nichts ein, was diesem miesen Feigling gerecht werden würde! Wie kann er es nur wagen, ihr in einem Brief eine so billige Ausrede aufzutischen, nachdem er sich wochenlang nicht gemeldet hatte?!

Ich drückte Lena ganz fest und kam mir zugleich unglaublich hilflos vor. Ich konnte ja auch nichts tun. Lena erzählte mir auch, dass sie mit ihrer Therapeutin schon davor darüber nachgedacht hatte, die Beziehung zu Jonas zu beenden, weil diese mit für ihre Magersucht verantwortlich war. So, wie es aussieht, war die Beziehung nämlich lange nicht so schön gewesen, wie Lena es nach außen hin vermittelt hatte. Jonas hatte ihr immer wieder gezeigt, dass er sie zu dick fand, wodurch sie natürlich abnehmen wollte, um ihm zu gefallen. Sie waren sich körperlich sehr schnell sehr nahe gekommen und als Lena ihm gesagt hatte, dass sie noch nicht mit ihm schlafe wolle, hatte er ziemlich mies reagiert. Deswegen hatte Lena auch immer wieder Dinge getan, die sie eigentlich nicht wollte und bei denen sie sich nicht wohl fühlte. Trotzdem hatte Jonas es geschafft, Lena zu überzeugen, dass er sie liebte und sie etwas Besonderes war, und nach dieser Anerkennung hatte Lena gesucht.

Erst jetzt, mit Abstand, hat sie erkannt, wie Jonas sie manipuliert hat. Und trotzdem tut ihr die Trennung so weh. Immerhin weiß ich jetzt, dass Lenas anfängliches Verhalten nichts mit mir zu tun hatte. Und dass sie mir das mit Jonas anvertraut hat, hat unsere Freundschaft irgendwie verändert. Als wären wir auf eine neue Weise verbunden. Wir haben auf dieser Bank vor der Kapelle geredet, bis meine Besuchszeit vorbei war. Ich habe ihr aber versprochen, nächste Woche wieder zu kommen.

Auf der Rückfahrt war ich so in Gedanken vertieft, dass ich fast meine Station verpasst hätte. Auch jetzt ist mein Kopf noch immer voller Eindrücke und Erinnerungen, so dass ich bestimmt noch eine Weile brauche, bis ich einschlafen kann...

Hailey

Betreff: Taizé-Gebet
Datum: 19.3.
Von: Hailey <hailey.s@web.de>
An: Kathrin Brunner <kathrinbrunner@web.de>

Hi Kate,

ich wollte dir nur eben noch von dem Taizé-Gottesdienst erzählen. Ich habe ja gestern zum ersten Mal Lena wieder gesehen, seit sie in der Klinik ist, weswegen ich ja auch nicht wirklich wusste, wie das so wird. Am Anfang war es auch irgendwie echt komisch, vor allem weil Lena eher abwesend war. Sie hat mir später von etwas erzählt, was sie gerade ziemlich belastet, also war es zum Glück nicht wegen mir und wir hatten auch ein echt gutes Gespräch.

Außerdem habe ich die Nonne kennengelernt, von der Lena mir ja schon geschrieben hatte. Sie ist wirklich mega nett und hat so eine Art, die gute Laune verbreitet. Der Taizé-Gottesdienst an sich war auch gut. Voll anders als alles, was ich bisher so kannte, aber auch echt schön. Ich finde es nur ein bisschen schade, dass die meisten Lieder in moll geschrieben sind…

Ich habe Lena aber auch schon versprochen, dass ich nächsten Samstag wiederkomme.

Morgen alles wie immer, schätze ich?

Hailey

Betreff: Re: Taizé-Gebet
Datum: 19.3.
Von: Kathrin Brunner <kathrinbrunner@web.de>
An: Hailey <hailey.s@web.de>

Liebe Hailey,

ja, morgen gerne den gleichen Luxus wie immer. Ich kann dir gar nicht sagen, wie gut es mir tut, dass ich jetzt einen regelmäßigen freien Abend habe. Und schön zu lesen, dass du so eine gute Zeit mit Lena hattest! Du bist echt ein tolles Mädel:-).

Wie gut bist du im Karaoke-Singen? Deine Mom hat mich herausgefordert und ich brauche noch ein bisschen Übung mit jemandem, der den Ton halten kann, aber nicht so supergut ist, dass ich mir entsprechend schlecht vorkommen muss. Du verstehst, was ich meine? Also: falls du mittelgut singen kannst und morgen Abend Lust hast, könnten wir noch ein bisschen trällern, während die Jungs schlafen. Aber nur, wenn du mir versprichst, mich nicht gnadenlos abzuziehen.

LG

Kate

HAILEYS DIARY, 20.3.

Hey Diary,

Herr Gerling hatte heute eine Überraschung für uns. Nur leider keine schöne, sondern eher eine ganz fiese: einen unangekündigten Test. Es ging um das Thema der letzten Stunde (Proletariat in der Industrialisierung). Hätte ich mal lieber doch nicht mit Annika Galgenmännchen spielen sollen…

Heute in der Fahrstunde bin ich zum ersten Mal auf der Autobahn gefahren. Es war ein echt krasses Gefühl, so zu beschleunigen. Irgendwie hatte ich etwas Schiss, weil ich selbst noch nie so schnell gefahren bin, aber zugleich war es ein echter Adrenalinkick.

Am Abend habe ich wie üblich die Jungs vom Kinderturnen abgeholt und dabei kurz Josh hallo gesagt. Die Kleinen waren heute ziemlich müde, weil sie letzte Nacht nicht so viel geschlafen haben. Ich musste versprechen, Kate nichts zu sagen, damit sie mir sagten, was sie so lange wachgehalten hatte. Während Kate und Jörg „Tatort" geschaut haben, haben sie im Kinderzimmer an ihrem Geschenk gebastelt.

Als Kate dann heim kam, schliefen die Jungs schon und wir gingen in den Keller, um sie nicht zu wecken. Es hat mega Spaß gemacht, mit Kate Karaoke zu singen. Da wir ja selbst kein Singstar hatten, haben wir einfach bei YouTube verschiedene Songs in Karaokeversion abgespielt. Charts, alte Klassiker, Disney-Songs. Es war von allem was dabei. Obwohl wir ja beide nicht soo gut singen können, hat es einfach total Spaß gemacht. Ich freu' mich schon auf Freitag und das Battle von Mom und Kate...

Hailey

KATHRINS TAGEBUCH, 21.3.

Bin echt gespannt, was die Jungs mir zum Geburtstag schenken. Ich habe absolutes Zimmerverbot und neulich abends habe ich sie noch kichern und werkeln hören, als sie eigentlich längst schlafen sollten. Ist schon süß gerade mit den zweien.

Überhaupt geht es mir im Moment richtig gut: kein schlechtes Gewissen wegen Hailey mehr (gestern Abend haben wir noch zusammen Karaoke geübt, war SEHR witzig!), jeden Montagabend Sport, durchschlafende Kinder, gute Nachrichten von Bernds Gesundheitszustand, Hailey und ihre Freundin Lena haben sich auch wieder vertragen und mit Jörg habe ich den Sommerurlaub geplant - Italien, wir kommen :-). Danke, Gott! So mag ich mein Leben ...

HAILEYS DIARY, 22.3.

Hi Diary,

im Moment ist alles ziemlich ruhig. Mein Alltag besteht aus Schule, Training und Fahrschule. Ich habe ein paar neue Lieblingssongs und laufe fast die ganze Zeit mit Kopfhörern rum. Dad ist ein bisschen genervt, weil ich manchmal nicht mitbekomme, wenn man mich anspricht, aber das ist mir eigentlich ziemlich egal. Er bekommt schließlich auch oft nicht mit, wenn ICH ihn anspreche!

Die Musik passt zu meiner Stimmung und ich kann sie auf Dauerschleife hören, ohne irgendwann genug zu haben. Tom lernt fast nur noch, weil ja nächste Woche sein Abi anfängt. Trotzdem höre ich ihn jeden Abend mit Beca telefonieren, wenn er nicht sowieso bei ihr ist. Das nenne ich mal optimales Zeitmanagement.

Ich habe Beca gefragt, wann sie arbeitet, damit ich Kate ein paar Termine vorschlagen kann. Das wird bestimmt richtig cool!

Hailey

HAILEYS DIARY, 24.3.

Hi Diary,

ich komme gerade von Kates Geburtstag zurück. Es war echt richtig cool! Ich bin mit Mom schon ein bisschen früher hin, um beim Aufbauen zu helfen. Kate war sich nämlich nicht sicher, ob das Wetter hält, also haben wir mal vorsichtshalber die Bierbänke/-tische unter Pavillons gestellt. Es kamen richtig viele Leute, womit ich gar nicht gerechnet hatte, unter anderem Emmas Vater! Ich wusste gar nicht, dass Kate und er sich kennen. Emma war leider nicht dabei, aber dafür habe ich mit meinen Verwandten Zeit verbracht. Das Buffet war gigantisch. Von meinen Muffins habe ich allerdings gar nichts abgekriegt, weil sie so schnell weggingen. Beim Pokern hatte ich heute zwar kein Glück, aber dafür viel Spaß.

Karaoke war echt der Hammer! Es war total egal, wenn man einen Ton mal nicht traf, man tat einfach so, als wäre das alles geplant. Mom und Kate legten sich ins Zeug und performten „The winner takes it all" in einer atemberaubenden Show. Sie sollten mal zu „The Voice of Germany" gehen! Ich habe mal wieder eine ganz neue Seite an meiner Mom entdeckt. Mir ist, auch wenn es voll komisch klingt, heute Abend zum ersten Mal richtig bewusst geworden, dass Mom und Kate ja echt Schwestern sind! Sie sind zusammen aufgewachsen wie ich mit Tom, Ben und Josi - total weird, dass ich das erst jetzt realisiere... Irgendwann war allerdings auch ihr Lungenvolumen aufgebraucht und es liefen einfach Lieder von Spotify.

Als in meiner Klasse Tanzkurs in war, war ich in so einer Anti-Mainstream-Phase und habe aus Prinzip keinen gemacht. Heute Abend habe ich das dann schon ein bisschen bereut... Zum Glück kann Tom aber ganz gut tanzen und Disco Fox ist eigentlich echt nicht so schwer. Nach einer Weile haben wir auch verschiedene Figuren eingebaut. Ich hatte das Gefühl, dass ich nicht mal wirklich was machen musste, außer mich führen zu lassen, und dann ging es ganz automatisch. Ich überlege jetzt doch, vielleicht noch einen Tanzkurs zu machen, es hat nämlich schon echt Spaß gemacht. Allerdings... ich hätte jetzt nicht so Bock mit kleinen, pubertierenden Jungs zu tanzen...

Kate hat sich sehr über mein Geschenk gefreut und wir wollen uns nächste Woche bei ihr zum Rausputzen treffen. Ich freue mich jetzt schon drauf!

Hailey

KATHRINS TAGEBUCH, 25.3.

Habe gerade 4 Stunden mit Jörg zusammen geschuftet, um alles wieder zu verräumen, aber es hat sich gelohnt! Wir hatten so viel Spaß. Es war einfach ein superschönes Fest und ich bin total dankbar, dass es so viele nette Menschen in meinem Leben gibt, die mit mir feiern.

Von den Jungs habe ich eine Schatzkiste bekommen, die der des letzten Kindergeburtstags verblüffend ähnlich sieht... Aber das habe ich natürlich nicht erwähnt und sie haben sie auch so kreativ beklebt, dass von der ursprünglichen Schatzkiste fast nichts mehr zu sehen ist. Darin waren einige „Schätze" von selbst gemalten Bildern über gefundene „Edelsteine", 2 Minipäckchen Gummibärchen (ein echter Liebesbeweis!!!) und eine (neonpinke!) Haarspange, die Mateo auf der

Straße gefunden hat. Habe sie gründlich gewaschen und werde sie vorsichtshalber nur zu Hause tragen (oder vielleicht doch, wenn ich mich für den Mädelsabend mit Hailey aufbrezle? Das würde Mateo jedenfalls sehr freuen. Er ist nämlich superstolz auf dieses besondere Geschenk ...). Es ist das erste Mal, dass die beiden mich so beschenkt haben und es hat mich sehr berührt. Seufz! Es ist schön, Mama zu sein!

HAILEYS DIARY, 25.3.

Hey Diary,

Sieht ganz so aus, als würde Tom doch langsam ein bisschen gestresst sein. Wenn man nur sein Zimmer betritt, während er lernt, ist er gleich richtig angepisst. Ich nehme es aber nicht persönlich, weil ich erstens auch schneller reizbar bin, wenn ich Druck habe und zu wenig geschlafen habe und zweitens er wirklich den ganzen Tag nur am Lernen ist und ich echt Respekt vor seiner Kondition habe. Stattdessen versuche ich seine Stressfaktoren eher zu minimieren, indem ich seine Dienste übernehme und die Zwillinge von ihm fernhalte.

Übrigens war ich heute Abend wieder bei Lena im Taizé-Gebet. Dieses Mal war es ganz anders als letzte Woche. Lena war gut drauf und erzählte mir viel vom Klinikalltag. Sie haben da ganz viele verschiedene Therapien, zum Beispiel Tanzen oder Töpfern. Ich habe ihr auch erzählt, was draußen so abgeht und auch von den Mädelsabenden. Sie war überhaupt nicht eifersüchtig deswegen, sondern einfach neugierig und kann es kaum erwarten, auch mal mit dabei zu sein. Der

Gottesdienst war auch gut, ich habe sogar schon ein paar Lieder wiedererkannt.

So, jetzt muss ich mal schlafen, hab morgen früh ein wichtiges Spiel!

Hailey

HAILEYS DIARY, 26.3.

Hi Diary,

Ich hasse die Zeitumstellung! Das ist doch echt so unnötig! Alle 6 Monate bringt die jeden durcheinander! Vor allem mich, habe ich so das Gefühl... Wer kam heute wohl eine Stunde zu spät zum Spiel? Ich natürlich! Und das nur wegen einer bescheuerten Regel, die vor Jahren mal ein paar Idioten durchgesetzt haben! Sollte ich jemals in die Politik eingehen, wird das definitiv das erste Gesetz sein, das ich ändern werde! Und gleich danach, dass Lehrer nicht mehr überziehen dürfen... Anna war auch nicht besonders begeistert, dass ich viel zu spät kam, und setzte mich erst mal auf die Bank. So ein Scheiß! Ist ja nicht so, als hätte ich das absichtlich gemacht!

Auf der Heimfahrt habe ich einen Umweg durch den Park gemacht, weil ich noch nicht direkt nach Hause wollte, wo der Trubel auf mich wartete. Als ich gerade beim Ententeich um die Ecke bog, sah ich ein junges Pärchen knutschend auf der Bank sitzen. Noch bevor ich den Gedanken „Nehmt euch ein Zimmer..." zu Ende gedacht hatte, erkannte ich auch, wer das war: Jonas und Hannah! Ja genau, Lenas Fast-Ex und die Bitch aus meiner Klasse, die Lena schlecht gemacht hat! Ich war so geschockt, dass ich fast gegen eine Laterne gefahren wäre. Ich überlegte, zu den beiden hinüber zu gehen und ihnen mal ordentlich die Meinung zu geigen (habe sogar schon mal geträumt, wie ich Jonas eine knalle). Aber noch während ich darüber nachdachte, war ich schon halb vorbeigefahren. Der Gedanke, jetzt noch mal umzudrehen, kam mir dann auch komisch vor, also bin ich weitergefahren. Trotzdem frage ich mich jetzt, ob das die richtige Entscheidung war...

Und was mache ich mit Lena? Soll ich ihr die Wahrheit sagen und sie damit verletzen? Oder schweigen und riskieren, dass sie es von allein rausfindet und sauer ist, weil ich nichts gesagt habe? Oh Mann, das ist, als hätte man die Wahl zwischen Pest und Cholera... Vielleicht weiß ja Kate, was das Beste ist...

Hailey

Betreff: Pest und Cholera
Datum: 26.3.
Von: Hailey <hailey.s@web.de>
An: Kathrin Brunner <kathrinbrunner@web.de>

Hi Kate,

ich bräuchte mal deinen Rat... Ich bin vorhin mit dem Fahrrad nach Hause gefahren und da habe ich etwas gesehen... Jonas (Lenas Fast-Ex-Freund) und Hannah (die Oberzicke aus meiner Klasse, die sich damals darüber lustig gemacht hat, dass Lena in der Klinik ist) haben auf der Parkbank rumgeknutscht!

Das Ding ist, ich weiß jetzt nicht, ob ich Lena davon erzählen soll... ich finde eigentlich, dass sie ein Recht hat, davon zu erfahren. Auch wenn sie und Jonas gerade eine Pause machen und sich wahrscheinlich trennen, offiziell sind sie noch zusammen und das heißt doch eigentlich, dass Jonas fremdgeht, oder? Aber ich will natürlich auch nicht, dass Lena verletzt wird und das würde sie definitiv sein. Allerdings … wenn ich nichts sage und sie es selbst rausbekommt, wird sie ohnehin verletzt sein und dann ja noch zusätzlich, weil ich ihr so etwas Wichtiges verschwiegen habe? Wie du siehst, es ist kompliziert … was würdest du denn an meiner Stelle tun?

Liebe Grüße

Hailey

HAILEYS DIARY, 27.3.

Hey Diary,

wir haben unseren tollen Überraschungstest zurückbekommen. Wie gesagt, ich hätte kein Galgenmännchen spielen sollen… Sonst war die Schule okay. Heute Morgen hat Mom Tom ein Riesenvesper gepackt, damit er genug Nervennahrung für sein Abi hat.

Es ist doch irgendwie schon krass. Man geht 12 Jahre in die Schule und am Ende hängt fast alles von diesen 5 Tagen ab. Es kann sein, dass man an diesen Tagen Kopfschmerzen hat oder dass einem die richtige Antwort gerade nicht einfällt, obwohl man es gelernt hat, und dann beeinflusst das so viel! Ich weiß, ich weiß, wenn man seinen Studienabschluss hat, ist das Abi normalerweise ziemlich egal, aber viele Studiengänge haben ja einen NC und es ist doch total bescheuert, wenn deine Zukunft von Kopfschmerzen abhängt!

Tom war ziemlich fertig, als er am Nachmittag nach Hause kam, hat aber trotzdem weiter für die anderen Prüfungen gelernt. Er kann nicht einschätzen, wie es lief, aber ich denke nicht, dass es total in die Hose ging.

Wie ja inzwischen jeden Montag habe ich die Kids vom Kinderturnen abgeholt, mich kurz mit Josh unterhalten (Luca hatte Nasenbluten) und danach bei Kate am Küchentisch noch meine Spanischhausaufgaben gemacht. Mit Kate habe ich mich nur noch kurz über ihre Party unterhalten, ich glaube, sie hat meine Mail noch nicht gelesen. Meine Geschwister waren alle schon im Bett (Tom hat angekündigt, dass er in der Abizeit um halb neun (!) schlafen geht), deswegen habe ich nur noch kurz mit Mom und Dad geredet und geh jetzt dann auch mal schlafen.

Gute Nacht, Hailey

Betreff: Re: Pest und Cholera
Datum: 28.3.
Von: Kathrin Brunner <kathrinbrunner@web.de>
An: Hailey <hailey.s@web.de>

Liebe Hailey,

wieso hast du denn gestern nichts von Pest und Cholera gesagt? Hab deine Mail jetzt gerade erst gelesen. So eine gequirlte Scheiße (zeig deiner Oma auf keinen Fall diese Mail…)! Ehrlich gesagt kann Lena nur froh sein, dass sie den Mistkerl los hat!

Die Entscheidung, es Lena zu erzählen oder nicht, ist wirklich verzwickt und ich weiß, ehrlich gesagt, auch keine gute Antwort. Vermutlich würde ich es mir offen lassen. Wenn sich das Gespräch mit Lena so ergibt, dass du das Gefühl hast, dass es passt, würde ich es sagen. Es wäre vermutlich besser, wenn sie es nicht, wie du jetzt, zufällig mitkriegt, wenn sie aus der Klinik entlassen ist. Aber wenn es sich nicht ergibt, würde ich es nicht unbedingt (jetzt schon) sagen.

Es ist schon eine ganz schwierige Geschichte und wenn es möglich ist, sollten zumindest die Rahmenbedingungen einigermaßen passen. Ich habe für mich gemerkt, dass ich mich in solchen Dingen ziemlich gut auf mein inneres Gespür verlassen kann. Werde dem guten Hirten mal sagen, dass du eine extra Portion inneres Gespür brauchst. Das hilft bei mir (fast) immer. Oder du fragst diese Schwester Anna-Clara, falls du sie mal alleine triffst. Sie könnte dir da vielleicht einen besseren Rat geben.

Ich drück dich, meine Lieblingspatentochter! Du bist eine tolle Freundin und wirst das schon gut machen.

Deine Kate

P. S.: Danke nochmal für dein Helfen beim Fest und für die gigantisch leckeren Muffins, von denen Bernd geschwärmt hat und von denen ich keinen einzigen abbekommen habe! Schickst du mir mal bitte das Rezept?

Betreff: Re: Re: Pest und Cholera
Datum: 29.3.
Von: Hailey <hailey.s@web.de>
An: Kathrin Brunner <kathrinbrunner@web.de>

Hi Kate,

danke für deine Mail. Ich denk, so mache ich es jetzt auch. Wenn es sich ergibt, erzähl ich ihr davon, und wenn nicht, dann vielleicht später mal. Und wegen Schwester Anna-Clara, ich sehe sie ja sowieso auch am Samstag wieder, schätze ich. Bin mir aber nicht sicher, ob ich ihr davon erzählen soll… Was weiß ein Pinguin denn schon über Jungsprobleme?

Hailey

P. S.: Tut mir leid, das Rezept für die Muffins kann ich dir nicht geben. Nicht, weil das geheim wäre oder so, sondern weil ich das immer nach Gefühl mache. Ich habe keine Ahnung, wie da das exakte Mengenverhältnis ist…

HAILEYS DIARY, 30.3.

Hi Diary,

Tom erinnert mich inzwischen an einen Panda. Nur dass Panda Tom nicht faul ist und seine Augenringe auch nicht normal sind. Ich bin echt froh, dass Toms nächste Prüfung erst kommende Woche ist, er braucht eine Pause! Ich wusste ja, dass er ehrgeizig sein kann, aber langsam wird es, finde ich, echt extrem…

Oliver fängt inzwischen jeden Satz mit „In der Prüfung…" an. Einen Termin für die Fahrprüfung habe ich noch nicht, aber mein Bauch sagt mir, dass das demnächst soweit sein könnte. Kann es kaum erwarten, endlich den Lappen zu haben und alleine - also halt ohne Fahrlehrer - fahren zu dürfen!

Anna hat mich immer noch ein bisschen auf dem Kieker. Ich werde bestimmt nie wieder zu spät kommen, das ist ja ätzend!

Josi hat sich übrigens heute mit einer „Klassenkameradin" getroffen. Nur ich (ich fühle mich echt geehrt) bin eingeweiht, dass sie sich eigentlich mit Fynn trifft. Josi ist so süß, wenn sie von ihm erzählt, er hat ihr echt den Kopf verdreht.

Hailey

HAILEYS DIARY, 31.3.

Hey Diary,

Ich bin echt ein Mädchen! Ich stand eine halbe Stunde vor meinem Kleiderschrank und konnte mich einfach nicht entscheiden, was ich anziehen sollte.

Schließlich habe ich 7 Outfits mit zu Kate genommen… und hatte am Ende eine Mischung aus verschiedenen an, was gar nicht mal schlecht aussah. Beim Schminken und Anziehen hatten wir jede Menge Spaß und ich habe mich wie in so einer Teenie-Romanze gefühlt.

Beca war total überrascht, als wir uns an den Tresen setzten, ich habe ihr nämlich extra nicht gesagt, dass wir kommen, damit es für sie auch eine Überraschung ist. Die beiden haben sich gut verstanden, nur konnte Beca kaum mit uns reden, weil sie ja arbeiten musste.

Dafür hatten Kate und ich Zeit, um richtig zu reden. Auch mal über ganz normale Sachen und nicht nur (meine) Probleme. Ein paar Männer sahen zwischendurch zu uns rüber. Ich habe ja keine Ahnung wieso, möglicherweise hat unser Lachflash ihr Feierabendbier irgendwie gestört?

Gelacht haben wir auf jeden Fall ziemlich viel. Aber vielleicht war ja auch die pinke Haarspange von Kate der Hingucker. Sie hat es echt gebracht, das Teil den ganzen Abend im Haar zu tragen. Lag wahrscheinlich an

Mateos stolzem Blick, als sie aus dem Bad kam. Ich hätte mich damit wahrscheinlich nicht auf die Straße getraut, aber irgendwie fand ich es auch cool, dass Kate das einfach gemacht hat.

Hab ich schon mal erwähnt, dass ich eine ziemlich tolle Patentante habe? Hab ich!

Hailey

Betreff: Re: Re: Re: Pest und Cholera
Datum: 31.3.
Von: Kathrin Brunner <kathrinbrunner@web.de>
An: Hailey <hailey.s@web.de>

Hallo du Gefühlsbäckerin,

jetzt bin ich echt beeindruckt! Ich hab ja schon gemerkt, dass deine Muffins immer ein bisschen variieren. Aber ich habe dahinter „verschiedene Rezepte“ vermutet – nicht „gar kein Rezept“. Tja, da bleibt mir halt nichts anderes übrig, als dich immer wieder um Muffins zu bitten, wenn ich selbst nicht die Chance habe, sie nachzubacken ;-)

Wie war's bei Lena? Hast du ihr von Jonas erzählt? Da unter dem Nonnengewand eine echte Frau steckt, weiß Sr. Anna-Clara wahrscheinlich durchaus auch was von Jungsproblemen …

Ich fand unseren Mädelsabend klasse und Beca ist ja echt auch eine Nette! Hab schon lange nicht mehr so gelacht und du hast ja richtig viele Männerblicke auf dich gezogen.

Weißt du eigentlich, was für eine attraktive junge Frau du bist? Ich bin mir sicher, dass da der eine oder andere rübergekommen wäre, wenn ich dich nicht so gut bewacht hätte.

Wie sieht's denn mit dem Führerschein aus? Schaffst du die Prüfung noch vor deinem Geburtstag? Die Jungs wollen unbedingt dann auch mal mit dir fahren.

Wir sehen uns am Montagabend! LG, Kathrin

HAILEYS DIARY, 1.4.

Hi Diary,

gute Nachrichten: Lena wird nächste Woche entlassen! Sie hat es mir vorhin erzählt, als ich zum Taizé-Gebet kam. Ich kann es kaum glauben! Es geht ihr wieder gut und schon am Montag in einer Woche darf sie wieder in die Schule gehen. Sie hat dann noch zwei Mal die Woche Gespräche mit einer Psychologin, aber sonst kann sie wieder zurück!

Ich bin so erleichtert, dass sie wieder gesund ist! Sie hat in der Therapie ein Elefantenbaby getöpfert und das hat sie mir geschenkt. Ausgerechnet einen Elefant, so wie wir sie uns immer so oft in unsere Hefte gemalt haben. Ich weiß schon gar nicht mehr, wie das damals angefangen hatte, aber der Elefant ist unser Tier und ich hatte echt Tränen in den Augen, als sie ihn mir gezeigt hat. Ich war mir nämlich nicht so sicher, ob sie wegen dem Magersuchtding noch auf Elefanten steht...

Der Gottesdienst war wie immer. Die 10 Minuten Stille, die es immer irgendwo in der Hälfte gibt, kommen mir inzwischen richtig kurz vor. Ich habe Lena nichts von Jonas und Hannah erzählt, wir haben das Thema Jonas nämlich komplett gemieden. Ich kann gut verstehen, dass sie nicht darüber reden möchte. Mit Schwester

Anna-Clara hat sich auch keine Gesprächsmöglichkeit ergeben, sie war nämlich gar nicht da. Lena hat erzählt, dass sie im Moment so eine Zeit macht, wo man sich auf sich selbst besinnt oder so, und deswegen nicht beim geregelten Alltag mitmacht.

Lena hat mich gefragt, ob ich Lust hätte, in den Osterferien mit nach Taizé zu kommen, also quasi den Ursprungsort, und da eine Woche zu bleiben. Schwester Anna-Clara mietet jedes Jahr um diese Zeit einen kleinen Bus und fährt mit ein paar Jugendlichen (z.T. Ehemalige aus der Klinik) hin. Überlege, ob ich das machen will. Einerseits wäre es voll cool, eine Woche mit Lena zusammen zu sein. Andererseits kenne ich dort niemanden sonst und wenn ich dann dort bin, muss ich durch. Außerdem hat Lena erzählt, dass die da drei Mal am Tag Gottesdienst haben und das ist dann vielleicht doch etwas zuviel des Guten... Bei den Liedern werde ich da noch depressiv! Na ja, hat ja noch ein bisschen Zeit.

Gute Nacht

Hailey

HAILEYS DIARY, 3.4.

Hey Diary,

Tom ist komplett fertig mit seinem (schriftlichen) Abi! Er hatte heute seine letzte Prüfung und die lief laut ihm ganz gut. Apropos Prüfung, Oliver hat mir heute den Prüfungstermin gegeben. Das heißt, in nächster Zeit bekomme ich noch mehr Fahrstunden und ich darf bald mit Kate fahren! Kann es kaum erwarten und habe mir auf meinem Handy jetzt so einen Countdown gestellt.

Obwohl heute Montag ist, war der Tag eigentlich ganz gut. Es war schönes Wetter, Schule war normal und Mateo und Luca waren gut gelaunt. Auf dem Heimweg vom Kinderturnen sind wir noch bei der Wasserstelle durch, weil es ja ziemlich warm war. Zwar hatte ich eigentlich nur vorgehabt, kurz mit den Füßen reinzugehen, aber die Jungs haben mich nassgespritzt und das konnte ich natürlich nicht auf mir sitzen lassen. Kurz: Wir haben eine riesige Wasserschlacht veranstaltet mit dem Ergebnis, dass wir am Ende prustend im Bach saßen und bis auf die Unterwäsche durchnässt waren. Bei Kate habe ich die Jungs dann schnell in ihre Schlafanzüge gesteckt und Wärmflaschen gemacht, damit sie sich nicht erkälten. Als Kate heim kam, war sie etwas überrascht, weil ich ihre Jogginghose und ihren Pulli anhatte. Sie fand aber, dass mir ihre Klamotten fabelhaft standen, und konnte mich nur zu gut verstehen, als ich ihr erzählte, wie mich die Jungs hinterrücks „angegriffen" hatten.

Ich habe ihr auch von Samstag erzählt und dass Lena bald entlassen wird. Seltsamerweise schien sie gar nicht so froh darüber zu sein, wie ich es erwartet hatte. Das waren doch gute Nachrichten? Na ja... Ich freu mich auf jeden Fall!

Hailey

Betreff: Lena
Datum: 4.4.
Von: Kathrin Brunner <kathrinbrunner@web.de>
An: Hailey <hailey.s@web.de>

Liebe Hailey,

mir ist die Sache mit Lena – Jonas – Hannah nochmal nachgegangen. Wenn Lena am Freitag aus der Klinik entlassen wird, würde ich ihr doch erzählen, dass und wie du die beiden zusammen gesehen hast. Kannst du sie vielleicht vorher nochmal besuchen? Ich fände es, ehrlich gesagt, am besten, wenn sie es noch in der Klinik erfährt. Dann kann sie auch mit ihren Therapeuten drüber reden. Die Vorstellung, dass Hannah es ihr sonst am Montag in der Schule als erstes aufs Brot schmiert, finde ich so ätzend, dass ich dieses Risiko nicht eingehen würde.

Eine gute Fahrstunde dir heute und liebe Grüße,

Kathrin

Betreff: Re: Lena
Datum: 4.4.
Von: Hailey <hailey.s@web.de>
An: Kathrin Brunner <kathrinbrunner@web.de>

Hey Kate,

ja, da hast du wahrscheinlich Recht… Ich gehe morgen nach der Schule in die Klinik und rede mit ihr. Da habe ich irgendwie gar nicht dran gedacht… Ich bin ein bisschen nervös, was das angeht. Ich habe einfach keine Ahnung, wie Lena auf die Nachricht reagiert (ist, denke ich, echt ganz gut, wenn sie noch dort ist…). Als Jonas ihr den „Pause-Brief“ geschrieben hat, war sie ja auch total fertig, obwohl sie schon darüber nachgedacht hatte, mit ihm Schluss zu machen. Und wenn sie jetzt davon erfährt, dass er was mit Hannah hat, wird das bestimmt noch schlimmer für sie, oder? Na ja, das wird schon alles irgendwie, hoffe ich.

Ach ja, bevor ich es vergesse: Ich habe am Freitag nächste Woche meine Fahrprüfung, das heißt, du kannst den Jungs ausrichten, dass ich mich schon auf die Spazierfahrt an meinem Geburtstag freue …

Hailey

Betreff: Re: Re: Lena
Datum: 5.4.
Von: Kathrin Brunner <kathrinbrunner@web.de>
An: Hailey <hailey.s@web.de>

Liebe Hailey,

ich kann gut verstehen, dass du nervös bist, und denke heute ganz fest an dich und dein Gespräch mit Lena. Ich wünsche dir, dass du in deinem Herzen spürst, was dran ist.

Sei gesegnet

Kate

HAILEYS DIARY, 5.4.

Hi Diary,

wie geplant, bin ich heute nach dem Nachmittagsunterricht direkt zur Klinik gefahren, um mit Lena zu reden. Auf halber Strecke wurde ich nervös, weil ich nicht wusste, wie ich ihr die Jonas-Geschichte erzählen sollte. Bei der nächsten Ampel kam mir der Gedanke, dass ich vielleicht gar nicht unangemeldet kommen durfte. Bei den Fahrradständern war ich mir nicht mehr sicher, ob ich wirklich das Richtige tat.

Ich war kurz davor, wieder umzudrehen, da sah ich Schwester Anna-Clara aus einem Nebengebäude kommen. Sie wirkte irgendwie gar nicht überrascht, mich zu sehen. Ich erinnerte mich daran, was Kate gesagt hatte, und beschloss kurzfristig, mit ihr zu reden und dann zu entscheiden, ob ich zu Lena gehen sollte. Wir setzten uns auf die Bank vor dem Eingang und ich erzählte ihr, warum ich hier war. Schwester Anna-Clara ist eine echt gute Zuhörerin. Sie unterbrach mich kein einziges Mal, sondern hörte geduldig zu. Wie auch Kate war sie der Meinung, dass es wichtig wäre, es Lena noch hier zu sagen, wo sie aufgefangen würde, wenn sie mit der Nachricht nicht gut klarkäme. Sie bot mir auch an, mitzukommen und vor der Tür zu warten, damit sie da war, falls es nicht wie geplant laufen sollte.

Lena freute sich über meinen Überraschungsbesuch. Wir setzten uns auf ihr Bett und ich erzählte ihr der Reihe nach, was ich gesehen hatte. Ich war mit einem Mal viel ruhiger. Der ganze Stress, den ich mir auf der Hinfahrt gemacht hatte, war verschwunden. Ich wusste einfach, was ich sagen musste, und hatte dabei eine innere Ruhe. Lena reagierte auch besser als erwartet. Sie weinte, aber sonst verkraftete sie es ganz gut. Ich war so gut für sie da, wie ich konnte, legte meinen Arm um ihre Schultern und drückte sie fest an mich.

Wir schwiegen beide eine ganze Zeit, bis nach einer halben Stunde Schwester Anna-Clara anklopfte, um mal nachzusehen, ob es uns gut ging. Wir blieben noch eine Weile bei Lena und redeten über Verschiedenes, aber nicht mehr über Jonas. Ich erfuhr noch mehr über

Schwester Anna-Clara, den Klinikalltag und die Taizé-Fahrt.

Ich habe mich jetzt einfach spontan angemeldet. Ist zwar schon nächste Woche, aber spontane, verrückte Aktionen sind eh mein Ding. Schwester Anna-Clara erzählte mir, als sie mich zu meinem Fahrrad begleitete, dass sie für uns gebetet hatte, während sie vor der Tür gewartet hatte. Ich frage mich, ob die Ruhe, die ich beim Gespräch hatte, etwas damit zu tun hatte …

Hailey

Betreff: Re: Re: Re: Lena
Datum: 6.4.
Von: Hailey <hailey.s@web.de>
An: Kathrin Brunner <kathrinbrunner@web.de>

Hi Kate,

das Gespräch war richtig gut! Also klar, es war natürlich beschissen, Lena so was Blödes zu erzählen, aber sie hat besser reagiert als erwartet. Sie hat zwar geweint, aber ich glaube, dadurch, dass sie sich gedanklich ja sowieso schon auf die Trennung eingestellt hatte, war es nicht ganz so schlimm für sie.

Bin jetzt auf jeden Fall sehr erleichtert, dass ich es ihr erzählt habe und der Montag jetzt hoffentlich gut wird …

Hailey

Betreff: Re: Re: Re: Re: Lena
Datum: 7.4.
Von: Kathrin Brunner <kathrinbrunner@web.de>
An: Hailey <hailey.s@web.de>

Liebe Hailey,

ich freu mich so, dass euer Gespräch gut war! Und diese Schwester Anna-Clara würde ich inzwischen echt gerne mal kennenlernen. SEHR sympathisch, was ich bislang von ihr mitgekriegt habe.

Die Jungs freuen sich jetzt übrigens voll auf deinen Geburtstag. Sie reden ständig drüber – selbst der Kindergarten weiß inzwischen Bescheid ;-)

Grüßles

Kathrin

HAILEYS DIARY, 7.4.

Hey Diary,

Annika hat mich heute vor Bio gefragt, ob ich am Samstag mal wieder Lust auf einen Mädelsabend hätte. Ich wollte schon ja sagen, als mir einfiel, dass da ja das Taizé-Gebet ist und ich Lena versprochen hatte, zu kommen. Es war mir aber ein bisschen peinlich zuzugeben, dass ich mich nicht mit ihnen treffen konnte, weil ich in die Kirche ging. Aber dann erzählte Emma, dass Taizé richtig cool sei und sie mal als Kind mit ihrer Familie dort Urlaub gemacht hätte. Sie schlug vor, dass wir doch zusammen zu diesem Gottesdienst und anschließend zu Annika gehen könnten.

Wow! Damit hatte ich nicht gerechnet! Die Sache ist also abgemacht, ich musste Lena noch fragen, ob das für sie okay ist und ob sie danach noch mit zu Annika kommt, um zu übernachten. Lena freute sich auch, als ich ihr vorhin geschrieben habe (sie hat wieder WhatsApp!). Sie geht dann aber nach dem Gebet gleich nach Hause. Sie will jetzt erst mal daheim schlafen und sich wieder an den Alltag gewöhnen, was ich total verstehen kann.

Annika fragt noch Nora und Luisa, ob sie auch mit am Start wären. Ich bin echt erleichtert, dass Lena, obwohl sie jetzt so lange weg war, immer noch Teil der Gruppe ist. Trotzdem bin ich ein bisschen nervös, wie das morgen jetzt wird, vor allem, wie Annika, Nora und Luisa den Gottesdienst finden...

Ich habe Mom übrigens „Gilmore Girls" gezeigt und ich glaube, ihr gefällt es, schon allein, weil wir jetzt auch so ein „Ding zusammen haben" und Insider entwickeln. Ist halt einfach eine gute Serie zum „mit der Mutter auf der Couch gammeln". Dad hat auch ein bisschen mitgeschaut, aber es ist wohl nicht so seins. Nach 20 Minuten war er eingeschlafen. Jetzt sollte ich langsam auch mal schlafen...

Hailey

Betreff: Tom
Datum: 8.4.
Von: Hailey <hailey.s@web.de>
An: Kathrin Brunner <kathrinbrunner@web.de>

Hi Kate,

Tom hat mir gerade etwas erzählt und ich weiß nicht so genau, was ich davon halten soll… Ich wusste ja, dass das mit ihm und

Beca echt gut läuft, und es ist unübersehbar, dass die beiden unzertrennlich sind. Aber sie sind erst knapp 2 Monate zusammen und Tom denkt darüber nach, sein Praktikum doch nicht zu machen, sondern sich stattdessen irgendwas hier in der Nähe zu suchen. Ich meine, klar, eine Fernbeziehung ist beschissen, aber es gibt ja keine Garantie, dass ihre Beziehung hält, und es wäre doch idiotisch, wenn Tom seine Zukunft jetzt nur nach ihr ausrichtet! Er freut sich schon echt lange auf Darmstadt und es ist für ihn eine einmalige Gelegenheit, Erfahrungen in einem Bereich zu sammeln, der, schon seit er zum ersten Mal einen PC hochgefahren hat, seinem Traumberuf entspricht.

Und wenn ihre Beziehung wirklich langfristig ist, wird sie einen solchen Härtetest überstehen oder?

Also falls Tom sein Praktikum echt abblasen will, bin ich mal gespannt, wie er das Dad und Mom erklären will. Die werden nämlich hundertprozentig dagegen sein …

Hailey

HAILEYS DIARY, 9.4.

Hey Diary,

ich war ja gestern Abend mit Annika, Luisa, Nora, Emma und Lena (wir haben jetzt eine WhatsApp-Gruppe für uns: Nellah, also unsere Anfangsbuchstaben (Emma nennt das ein Akronym - is klar)) beim Taizé-Gebet. Die anderen waren noch nie in der Klinik gewesen und ich glaube, sie waren überrascht, weil sie von einer Psychiatrie eher einen Knast-Look erwartet hatten, wie man es in Filmen immer wieder sieht. Ich bin mir nicht sicher, wie ihnen das Gebet an sich gefiel. Nora hat nicht mal mitgesungen... Immerhin haben Annika, Emma und Lena sich mal wieder gesehen.

Laut SAC (also Schwester Anna-Clara – Lena und ich kürzen sie inzwischen so ab, wenn wir unter uns sind) ging mit meiner kurzfristigen Anmeldung alles klar. Emma mag wohl auch spontane verrückte Aktionen, jedenfalls hat sie auch einen Flyer mitgenommen. Sie kann sich noch bis morgen anmelden. Hoffentlich sind ihre Eltern einverstanden. Meine waren ja geradezu begeistert, dass ich „was Frommes" machen will...

Bei Annika haben wir zu Abend gegessen und „Fast and Furious 5" angeschaut. Annikas Vater kam zwischendrin rein, machte aber sofort wieder kehrt mit dem Kommentar: „Hirn aus, Gang rein...". Keine Ahnung, was er damit meinen könnte :D

Ich habe Lena dabei ziemlich vermisst. Wir haben mal einen FaF-Marathon gemacht und seitdem ist das irgendwie unser Ding gewesen... Na ja, sie ist ja bald wieder dabei. Morgen ist ihr erster Schultag und ich hoffe echt, dass es gut läuft...

Hailey

Betreff: Re: Tom
Datum: 9.4.
Von: Kathrin Brunner <kathrinbrunner@web.de>
An: Hailey <hailey.s@web.de>

Hallo Hailey,

ich find's echt klasse, dass Tom dir so vertraut. Das hätte ich mir mit meinen Brüdern in dem Alter nicht vorstellen können. Wahrscheinlich ist der Altersunterschied bei uns zu groß. Die Situation ist ja echt knifflig. Du hast alle Gedanken von Für und Wider selbst schon im Blick und benannt (kluges Mädchen!)

und letztlich wird er (mit Beca zusammen) die Entscheidung treffen müssen. Kann dir höchstens noch meine drei „persönlichen Entscheidungsstrategien" erzählen:

1. Ich schreibe immer alle Für- und Wider-Punkte auf. Das hilft mir total, um mein inneres Entscheidungschaos auf die Reihe zu kriegen.
2. Nicht lachen! Schon als Kind habe ich bei schwierigen Entscheidungen Knöpfe oder Dinge abgezählt (soll ich/soll ich nicht). Was am Ende dabei raus kam, war dann eigentlich egal. Ich habe zum Ende hin nämlich in mir drin fast immer gespürt, ob ich eher auf „soll ich" oder auf „soll ich nicht" als Ausgang gehofft habe (Trick 17 mit Selbstüberlistung – aber es funktioniert!).
3. „So tun als ob"-Selbstversuch: Ich nehme mir zwei, drei Tage, in denen ich mir innerlich vorstelle, ich hätte die Entscheidung in die eine Richtung gefällt, und versuche, alle Gefühle und Konsequenzen, die damit verbunden sind, wahrzunehmen. Und dann nehme ich mir genauso lange Zeit, um mir die Entscheidung in die andere Richtung vorzustellen. Wenn beide Selbstversuche um sind, kann ich meist ganz gut sagen, bei welcher Entscheidung ich mich wohler gefühlt habe, und die treffe ich dann.

Mir ist es bei solchen Fragen auch immer wichtig, zu überlegen, welche Entscheidung mich mehr in die Richtung wachsen lässt, die mir für mein Leben wichtig ist (du weißt schon, guter Hirte und so…). Und dann finde ich es auch entlastend, zu wissen, dass falsche Entscheidungen sowieso auch zum Leben dazu gehören und ich sie (meist) noch revidieren kann, wenn ich dem irgendwann dann auf die Schliche komme.

Ich wünsche dir und Tom, dass ihr eure vertrauensvolle Gesprächsbasis (die ich echt SEHR besonders finde) behaltet und dass du ihm auf dem Weg zu seiner Entscheidung gut zuhören und ihn begleiten kannst.

LG

Kathrin

HAILEYS DIARY, 10.4.

Hey Diary,

Heute war Lenas erster Schultag. Annika, Emma und ich haben schon am Haupteingang auf sie gewartet, um sie als erste zu begrüßen. Im Klassenzimmer kam Hannah mit einem breiten (meiner Meinung nach falschen...) Lächeln auf Lena zu und umarmte sie. Sie tat so, als wären sie voll die BFF und ich war echt froh, dass ich Lena die Jonas-Hannah-Sache erzählt hatte, sonst wäre sie vielleicht echt noch drauf reingefallen... Auf die Frage: „Wie geht es dir denn, Süße?" antwortete Lena mit einer Schlagfertigkeit, für die ich sie echt bewunderte.

Sie sah Hanna abschätzig an und sagte: „Richtig gut! Mein Ex hat jetzt so eine Bitch am Hals und schlimmer hätte es ihn echt nicht treffen können." Man konnte richtig sehen, wie es in ihrem Hirn ratterte und schließlich einrastete, als Hannah kapierte, dass Lena alles wusste und sie gerade hart gedisst hatte. Später gestand Lena mir, dass sie sich vor dieser Begegnung ziemlich gefürchtet hatte und das ganze Wochenende darüber nachgedacht hatte, was sie ihr sagen sollte. Wer kennt so was nicht? Allerdings ist es bei mir normalerweise so, dass ich mir (gerne auch beim Duschen) Argumente für Diskussionen überlege, die ich nie haben werde und wenn es dann drauf an kommt, fällt mir natürlich wieder gar nichts ein...

Ansonsten lief der Schultag ziemlich normal ab. Der Unterricht war langweilig, ich hing in den Pausen mit Annika, Emma und Lena rum und mir fiel auf, dass alle Lehrer übermäßig nett und verständnisvoll gegenüber Lena waren. Mitleidsbonus - war zu erwarten gewesen.

Vorhin habe ich, wie jeden Montag, Mateo und Luca vom KiTu abgeholt und habe mich noch kurz mit Josh unterhalten, während die Jungs sich umzogen. Er erzählte, dass es mit seinem Fahrlehrer total kompliziert geworden war. Aus persönlichen Gründen hatte er vom einen auf den anderen Tag aufgehört und jetzt brauchte er natürlich einen neuen. Überforderte Fahrschule = kein Fahrlehrer = schlechtgelaunter Josh. Ich erzählte ihm von meiner Prüfung am Freitag und er beneidete mich darum, dass ich den ganzen Scheiß bald durchhatte. Ich finde eher, dass er beneidenswert ist, weil ich erst noch bis zu meinem Geburtstag warten muss, bis ich überhaupt fahren darf und dann noch ein Jahr begleitet fahren...

Die Jungs waren heute noch sehr energiegeladen, als sie ins Bett sollten, und weigerten sich standhaft, ihren Schlafanzug anzuziehen. Sie sind echt ein starkes Team und entwickelten laufend neue Taktiken, um noch mehr Zeit rauszuschlagen. Nach einer halben Stunde Durch-den-Flur-rennen hatte ich echt genug und entschied mich für eine neue Taktik, die Mom früher immer wieder für Ben und Josi benutzt hatte. Ich schloss mit ihnen eine Wette ab, dass sie es nicht schaffen würden, sich alleine fertig zu machen, während ich laut von 20 runterzählte. Ich war mir echt nicht sicher, ob das klappte, aber bei 19 rannten die beiden wie kleine Tornados los und lagen bei 2 zugedeckt im Bett. Einfach unglaublich! Und das hatte bei mir auch mal funktioniert! Ich lobte sie natürlich sofort ausführlich und gestand ein, dass sie die Wette gewonnen hatten. Und da es gerade so gut lief, flüsterte ich ihnen noch zu, dass es doch eine ganz tolle Überraschung wäre, wenn sie das morgen Abend bei Kate genauso schnell schaffen würden. Mal sehen, ob's klappt...

Später erzählte ich Kate von Lenas erstem Schultag. Kate war auch echt froh, dass alles gut gelaufen war, und fand es vor allem toll, dass Lena ganz selbstverständlich wieder Teil unserer Gruppe war.

Ich erzählte ihr, woran mich ihre zweite Entscheidungsmethode erinnert hatte. Im Film „Drei Haselnüsse für Aschenbrödel" zählt Aschenbrödel die Streben vom Treppengeländer ab, um zu entscheiden, ob sie zum Ball gehen soll. Kate war, glaube ich, ein bisschen enttäuscht, dass die Idee doch nicht von ihr stammt, sondern sie als kleines Kind wohl in ihrem Unterbewusstsein hängen geblieben war. Wir fanden es aber beide total cool, dass wir den gleichen Lieblingsfilm als Kinder hatten und ihn eigentlich immer noch sehr gerne schauten. Ach ja, es ist halt auch echt ein schöner Film...

Hailey

HAILEYS DIARY, 11.4.

Hi Diary,

Emma kommt mit nach Taizé! Ich kann es kaum erwarten, das wird bestimmt richtig cool! Sie hat ein Wurfzelt, was wir benutzen können (man muss nämlich sein eigenes Zelt mitbringen), und ich freue mich schon auf den Moment, wenn alle mühsam beginnen, ihre Stangen zusammenzusuchen und wir einfach nur - Zack - zwei Schnallen öffnen müssen und schon steht unser Zelt. Schon allein dafür lohnt sich ein Wurfzelt, finde ich :D

Nach einer Fahrstunde und Training (mit Lena!) habe ich nochmal mit Tom geredet und ihm auch von den Entscheidungsmethoden von Kate erzählt, vielleicht hilft es ihm ja... Er scheint immer noch ziemlich entschlossen, sein Praktikum nicht zu machen, und ich weiß nicht, was ich ihm raten soll. Ich weiß ja auch nicht, was die richtige Entscheidung ist, und ich kann es sowieso nicht objektiv beurteilen, weil ich mir persönlich ja auch wünsche, dass er bleibt... Bin ich froh, dass ich noch ein Jahr Zeit habe, bevor ich mich entscheiden muss, was ich mache... Ich weiß ja noch nicht mal, was mich genau interessiert. Eigentlich weiß ich nur, was ich <u>nicht</u> will, aber es bleiben immer noch tausende Möglichkeiten übrig. Ich habe ja immer so ein bisschen die Hoffnung, dass ich einfach eines Morgens aufwache und weiß, was ich wann, wo und wie machen möchte. War nur bisher noch nicht der Fall...

Hailey

Betreff: 20 Sekunden?
Datum: 12.4.
Von: Kathrin Brunner <kathrinbrunner@web.de>
An: Hailey <hailey.s@web.de>

Hey Hailey,

was hast du denn mit den Jungs angestellt? In letzter Zeit waren die abends kaum ins Bett zu kriegen und heute Abend lagen sie VON ALLEINE im Bett, als ich die Treppe hochkam und schauen wollte, was sie wohl gerade wieder für einen Unfug anstellen, weil es so verdächtig ruhig war … Sie haben mich dann gefragt, ob ich schon bis 20 gezählt und sie „gewonnen" hätten?!? Ich hab' jetzt mal zu beidem „Ja" gesagt und absolut erstaunlicherweise ist seit dem Abendritual jetzt auch wirklich RUHE da oben. Erklärst du mir mal bitte noch, was es damit auf sich hat? Das übernehme ich sofort und für alle Zeiten!

Jetzt kann ich mich auf die Couch legen und lesen. Super, wenn dein Babysitter-Einsatz sich auch noch langfristig auswirkt. Sollte ich bei dir mal ein Erziehungs-Tipps-Seminar besuchen? Ist ja fast schon ein bisschen peinlich …

Schönen Abend dir und liebe Grüße

Kathrin

HAILEYS DIARY, 13.4.

Hey Diary,

letzter Schultag vor den Ferien (für mich) und ich bin echt froh drum… wir haben in letzter Zeit echt Berge an Hausaufgaben aufbekommen. Wie kommen die Lehrer nur immer auf die Idee, dass ihr Fach das einzige ist? Ich habe Annika (nur ein bisschen) geärgert, dass sie morgen noch zur Schule müssen und ich wegen der Prüfung frei habe. Ist echt praktisch, Oliver hat mir gesagt, dass die Lehrer sogar staatlich dazu verpflichtet sind, mir vormittags frei zu geben! Ich hatte heute nochmal eine Fahrstunde und habe dann morgen früh kurz vor der Prüfung meine letzte. Echt krass, dass meine Fahrschülerzeit dann vorbei ist...

Kate hat mir übrigens vorhin noch eine Mail geschrieben, nach der die Jungs heute wieder „die Wette gewonnen haben". Habe mir ja fast spontan selbst auf die Schulter geklopft.

Hailey

HAILEYS DIARY, 14.4.

Hallo.

Ich bin durchgefallen. Ich habe nicht bestanden. Ich habe versagt. Ich weiß nicht, wie oft ich diese 45 Minuten inzwischen in meinem Kopf wieder und wieder rekapituliert habe. Wie oft ich die letzten 2 Minuten der Prüfung wieder durchlebt habe. Ich habe versagt. Ich höre immer noch den hohen, schrillen Ton in meinem Kopf, der durch die Luft sirrte, als Oliver auf die Bremse trat. Durchgefallen. 500 Meter vor Ende. „Biegen Sie die zweite links ab." Ich zählte. Ampel 1. Ampel 2. Die zweite war eine riesige Kreuzung, ich wäre nicht die erste, die dort Probleme hätte. Spurwechsel. Und auf einmal war ich an der ersten Ampel vorbei. Der roten Ampel.

Durchgefallen. Wie kann man nur so dumm sein und über rot fahren? Alles lief so gut, ich habe noch nie besser eingeparkt! Und dann das. Mir ist schlecht. Durchgefallen. Warum habe ich so vielen davon erzählt? Warum schreiben mir alle 5 Minuten gut gelaunte Menschen und fragen, „wie es denn lief"? Ich will niemanden sehen. Ich will mit niemandem reden. Ich will weg. Ich will es vergessen und nie wieder daran denken.

Kate kam vorbei. Ich glaube, Mom hat sie angerufen. Sie hat kein Wort gesagt, sondern mich einfach nur umarmt und dann haben wir zusammen „Aschenbrödel" geschaut und Schokolade gegessen.

Ich habe inzwischen mein WLAN ausgemacht. Ich will keine Nachrichten mehr. Ich bin froh, dass ich weg fahre. Wenn ich weg bin, werde ich nicht dauernd daran erinnert.

Im Moment: Kopfhörer rein, Welt raus.

Hailey

KATHRINS TAGEBUCH, 14.4.

Scheiße! Scheiße! SCHEIßE!!! Warum musste das jetzt sein?! Hailey ist durch die Führerscheinprüfung gefallen und völlig mit den Nerven runter. Gerade war ihr Leben mal wieder im Lot, Lena aus der Klinik entlassen, mit Alex und Matthias läuft es im Moment auch ziemlich gut und ich hatte das Gefühl, dass sie über das Taizé-Gebet auch für Gott wieder offen ist. Und jetzt das.

Sie hatte überhaupt nicht damit gerechnet (ich glaube, keiner hatte damit gerechnet!). Ich war eh gerade wegen des Einkaufs um die Ecke, da dachte ich, ich geh schnell zum Gratulieren vorbei. Stattdessen habe ich eine schluchzende Hailey im Arm gehabt. Die Gratulations-

schokolade wurde zur Trostschokolade und „Drei Nüsse für Aschenbrödel" eine gute Ablenkung.

Immerhin hat sie mich überhaupt ins Zimmer/an sich ran gelassen. Alex hat sie keine Chance gegeben, sie zu trösten. Die hab ich dann im Gehen auch noch gedrückt. Das ist echt nicht leicht auszuhalten für sie. Guter Hirte, würdest du dich bitte um diese beiden Schäfchen besonders kümmern? Sie brauchen dich!

HAILEYS DIARY, 15.4.

Hi,

ich kann inzwischen klarer denken. Ich habe lange, traumlos geschlafen und jetzt fühlt es sich an, als hätte ich diesen Tunnelblick, wie ich es manchmal beim Sport habe, wenn ich auf ein Ziel fokussiert bin. Ich gehe strukturiert an alles heran. Ich rufe bei Oliver an und kläre ab, wie es jetzt weitergeht. Ich packe meine Sachen für Taizé. Ich kopiere die Nachricht mit den Fakten von Chat zu Chat, weil ich es nicht jedem neu erzählen will. Ich will immer noch nicht darüber nachdenken und bin immer noch wütend auf mich selbst, aber so komme ich nicht weiter, also schiebe ich meine Gefühle weg. Josi hat gemerkt, dass ich immer noch fertig bin, obwohl ich mir eigentlich heute nichts mehr anmerken lassen wollte. Sie hat mir ein Bild gemalt, wo wir beide auf einer Blumenwiese stehen und spielen. Das hat kurz die Mauer durchbrochen, die ich um mich herum aufgebaut habe. Wir haben uns gedrückt und ich habe ihr „Danke" ins Ohr geflüstert. Sie ist schon echt süß.

Morgen fahre ich weg und ich werde alles hier zurücklassen und eine Woche so leben, als wäre nichts von all dem je passiert.

Hailey

KATHRINS TAGEBUCH 18.4.

Ich denke viel an Hailey. Sie ist jetzt in Taizé. Vermutlich nicht das Schlechteste, um Abstand von der Fahrprüfung zu kriegen. Ich bin froh, dass diese Schwester Anna-Clara und ihre Freundinnen mit dabei sind, und hoffe, dass auch Gott ihr in dieser Zeit nahe kommt.

Die Jungs können es gar nicht fassen, dass ihre taffe Lieblingskusine durch die Prüfung gerasselt ist. Sie hatten sich die gemeinsame Autofahrt an Haileys Geburtstag schon im Detail ausgemalt. Ich hoffe, sie machen keine unbedarften Bemerkungen, die Hailey verletzen. Habe ihnen jedenfalls gleich mal verklickert, dass sie dieses Thema Hailey gegenüber mindestens so lange nicht erwähnen, bis sie ihre Fahrprüfung bestanden hat. Und nachdem sie gestern beim Einkaufen ihrem KiTu-Trainer alles brühwarm erzählt haben, habe ich die „Nachrichtensperre" auf alle außerhalb unserer Familie ausgeweitet.

Es beschäftigt sie halt und sie sind Kinder. Aber ich habe ein lebensrelevantes Beispiel genommen und denke mal, dass es damit angekommen ist. Sie haben ja nach meiner Geburtstagsfeier in Folge von unkontrolliertem Limokonsum und Übermüdung gleich BEIDE nachts ins Bett gemacht. Diese Geschichte wollten sie ja auch nicht von mir weitererzählt wissen. Luca meinte dann auch total süß-erschrocken: „Ist das mit der Fahrprüfung für Leni wirklich so peinlich wie für mich die nasse Hose?" Ich würde sagen, er hat's kapiert …

HAILEYS DIARY, 23.4.

Hey Diary,

ich bin so ein Schussel! Wie konnte ich nur mein Tagebuch vergessen? Also hier die Zusammenfassung von genialen neun Tagen:

Taizé ist ein einzigartiger Ort, irgendwo im Nirgendwo. Die drei Gebetszeiten am Tag gehören so selbstverständlich zum Alltag wie die drei Mahlzeiten. Ich finde sie aber überhaupt nicht mehr deprimierend, sondern beruhigend. In der riesigen „Kirche" sitzen alle auf dem Boden und singen Lieder. Es singt echt jeder mit, selbst wenn sie nicht so gut singen können. Jeder ist Teil dieser riesigen Gemeinschaft und jeder wird so angenommen, wie er ist.

Die Offenheit ist unbeschreiblich. Ich habe mal eine Szene in der Essensschlange (eher eine Menschentraube) beobachtet, die das gut beschreibt. Ein Asiate nieste und ein Brasilianer rief ihm „Saúde!" (Gesundheit auf Portugiesisch) zu. Der Asiate grinste und sagte „Xie Xie" (Danke auf Chinesisch). Es kommen so viele Menschen aus so vielen Nationen zusammen und jeder ist willkommen.

Es arbeiten auch alle mit, zum Beispiel in der Küche (da war ich). Die Arbeit macht Spaß, vor allem wenn man beim Putzen mit den anderen „Pitch perfect"-Songs singt ;). Man hat jeden Tag als große Gruppe eine Art Input zu einer Bibelstelle von einem der Brüder (die auch echt witzig sein können) und danach noch Gespräche in einer kleineren Gruppe. Da haben wir über alle möglichen Themen diskutiert. Über Politik, Glaube im Alltag, Schicksal und Zufall und, und, und.

Trotzdem blieb noch viel Zeit, die man frei gestalten konnte. Lena, Emma und ich haben oft Spaziergänge gemacht, waren an der Quelle (ein wunderschöner See am Waldrand, wo man schweigt) oder haben mit irgendwelchen Leuten typische Taizéspiele gespielt (Werwolf, Klatschspiel, Bänkespiel, Ninja...). Abends waren wir ein paar Mal beim Oyak (Jugendtreff, wo es Nutella-crêpes für 50 Ct gibt!), wo Lagerfeuerlieder gesungen und Spiele gespielt wurden.

SAC habe ich leider kaum gesehen, aber mit Lena und Emma war es richtig cool! Wir haben uns alle gut verstanden und ich habe Emma auch nochmal besser kennengelernt. Wir haben alle zusammen sowas ähnliches wie Tagebuch geschrieben. In Emmas Notizbuch haben wir abends im Zelt gesammelt, was so passiert war, was unser High-/ und Lowlight war und was wir geträumt haben. Emma hat übrigens einen Typen bei ihrer Arbeit kennengelernt (Jeremias, kurz Jerry), mit dem sie nach ein paar Tagen ziemlich viel rum hing. Lena und ich versuchten natürlich rauszufinden, ob da was läuft, aber man musste ihr echt jedes Detail aus der Nase ziehen... Ich habe mich trotzdem sehr für sie gefreut. Jerry ist ein echter Gentleman und bringt sie oft zum Lachen. Leider wohnt er ziemlich weit weg (irgendwo in Österreich), aber sie haben Nummern getauscht und wollen unbedingt in Kontakt bleiben.

Die Heimfahrt war auch echt lustig. Obwohl wir alle hundemüde waren, haben wir die Musik aufgedreht und hatten viel Spaß beim Mitsingen/-„tanzen" (soweit das im Sitzen ging). Fazit: Es war eine richtig tolle Zeit! Ich habe komplett abschalten können und alle meine Sorgen daheim gelassen. Obwohl ich nicht viel geschlafen habe, fühle ich mich durch und durch erholt und vermisse jetzt schon die Gottesdienste, meine alten und neuen Freunde und einfach das Leben dort. Ich gehe auf jeden Fall nochmal hin!

Jetzt, wo ich wieder daheim bin, geht es natürlich auch weiter mit Fahrschule. Inzwischen ist mir das Ganze vor allem peinlich. Ich hasse diesen Blick von Leuten, wenn sie hören, dass ich durchgefallen bin... Irgendwie mitleidig, ein bisschen überheblich und skeptisch, so nach dem Motto: „Durchgefallen? Tut mir leid für dich, ich habe ja ohne einen Fehler bestanden und bin auch sonst natürlich ein perfekter Mensch. Du verstehst ja, wenn ich bei dir nicht ins Auto steigen würde?" Ätzend!

Hailey

Betreff: Taizé
Datum: 24.4.
Von: Hailey <hailey.s@web.de>
An: Kathrin Brunner <kathrinbrunner@web.de>

Hey Kate,

ich bin wieder da! Es war sooo cool in Taizé! Wir hatten eine richtig gute Zeit und konnten so richtig entspannen. Als würden die Probleme zu Hause nicht mehr existieren oder sich zumindest auf einem anderen Planeten befinden. Die Leute da sind alle so offen und ich habe so viele neue Menschen kennengelernt, manche sogar von anderen Kontinenten! Und die Zeit mit Emma und Lena war auch echt der Hammer! Wir haben eine

Art Check erfunden, den nur wir drei können und wir dauernd machen, und haufenweise Insider.

Jetzt habe ich noch eine Woche Ferien und wir Mädels haben schon abgemacht, dass wir uns ganz oft treffen wollen.

Soll ich heute eigentlich babysitten? Haben die Jungs in den Ferien KiTu?

Hailey

Betreff: Re: Taizé
Datum: 24.4.
Von: Kathrin Brunner <kathrinbrunner@web.de>
An: Hailey <hailey.s@web.de>

Liebe Hailey,

wie schön, zu lesen, dass du so eine gute Zeit hattest. Kitu ist in den Ferien (zum großen Leidwesen von Mateo und Luca) leider nicht, aber wenn du Zeit hast – meinen Sportabend würde ich mir trotzdem gerne gönnen ;-) Könntest du um 18 Uhr bei uns sein statt bei der Turnhalle? Das wäre super!

Schön, dass es auch für Emma wohl eine gute Zeit war. Wir sind ja mit Bernd und Britta befreundet und von ihnen weiß ich, dass Emma Bernds Krebserkrankung sehr an die Nieren geht und sie es absolut brauchen kann, mal was anderes zu denken und zu sehen. Im Augenblick geht es Bernd wieder mal nicht ganz so gut. Nichts Lebensbedrohliches, aber eben auch nicht so gut, wie die letzten Wochen. Ich hoffe echt, dass er bald überm Berg ist und Emma sich keine Sorgen mehr um ihren Papa machen muss.

Bis heute Abend dann – freue mich SEHR!

Kathrin

HAILEYS DIARY, 25.4.

Hey Diary,

das Babysitten gestern war... interessant. Ich bin mir ziemlich sicher, dass Kate den Jungs gesagt hat, dass sie mich nicht wegen der Fahrprüfung ansprechen sollen. Luca und Mateo haben das Thema und alles, was auch nur annähernd damit zusammenhängt, ein wenig zu offensichtlich gemieden. Es war eigentlich echt süß, vor allem weil ich es bei ihnen wahrscheinlich gar nicht soo schlimm gefunden hätte. Kinder wären wegen so was nie überheblich, sondern einfach auch traurig, aber auch schnell wieder abgelenkt. Annikas Status verkündet der ganzen Welt, dass sie ihre Fahrprüfung bestanden hat. Natürlich freue ich mich für sie, aber doof ist es irgendwie trotzdem...

Die 20-Sekunden-Regel funktioniert immer noch einwandfrei und ich bin echt froh drum, weil ich mir so viel Stress erspare und wir dann Zeit für 2 Gute-Nacht-Geschichten haben, was die Jungs natürlich auch ganz toll finden. Wie nennt man das Gegenteil von Teufelskreis? Engelskreis vielleicht? Würde zumindest passen, denn sie sind echt zwei Engelchen.

Mit Kate war es dann auch noch gut. Da Ferien sind, konnte ich länger bleiben als sonst und wir haben noch viel über Taizé, Emmas Vater und darüber, dass Krebs einfach scheiße ist, geredet. Emma hatte auch schon gesagt, dass es ihm in letzter Zeit wieder schlechter ging, deswegen hat sie in Taizé auch jeden Abend mit ihm telefoniert. Das ist doch echt beschissen... Bernd ist so ein netter Kerl und der Gedanke, dass er jeden Tag sterben könnte und jeden Tag Schmerzen hat, ist einfach unfair! Und Emma hat immer Angst, dass sie ihn vom einen auf den anderen Tag verliert. Klar, es könnte auch sein, dass ich morgen einen Unfall habe und sterbe, aber bei Bernd ist die Gefahr wirklich immer direkt anwesend und er muss leiden, bevor er stirbt.

Ich glaube, das ist fast noch schlimmer als das Sterben an sich. Ich weiß, dass Emma und ihre Familie Christen sind und das finde ich echt beeindruckend. Fragen die sich nie: „warum?!?" wie können sie denn weiter an einen guten, verstehbaren und allmächtigen Gott glauben, wenn sie selbst der lebende Beweis für das Gegenteil zu sein scheinen?

Hailey

HAILEYS DIARY, 26.4.

Hi Diary,

mein 18. Lebensjahr beginnt! Krass, ich werde echt alt!

Meine Familie hat mich wie jedes Jahr mit Gesang und meiner Geburtstagskerze geweckt. Zum ersten Mal habe ich auch wirklich noch geschlafen und nicht nur so getan. Es gab ein mega oberhammer leckeres Frühstück mit gebratenem Speck, Rührei, Melone, Birchermüsli und frischen Brötchen! Yammi!

Ben und Josi haben ihr Taschengeld zusammengelegt und mir einen Gutschein für die Eisdiele geschenkt. Tom und ich machen zusammen eine Fahrradtour mit irgendeiner Überraschung am Ende. Keine Ahnung, was er vorhat, aber er tut sehr geheimnisvoll. Von Mom und

Dad habe ich eine Dauerkarte für die nächste Saison des SC Freiburg bekommen. Weil die Ferien ja dieses Jahr ziemlich spät sind, lag mein Geburtstag mittendrin und das ist echt cool, weil ich dadurch einen voll entspannten Tag hatte.

Überhaupt sind die Ferien richtig cool: Ich kann problemlos bis mittags schlafen und dafür die halbe Nacht durchmachen und mit der Nellah-Gruppe skypen. Und ich habe endlich Zeit, die ganzen Sachen zu erledigen, die im Alltag untergehen. Ich war lange nicht mehr so kreativ wie die letzten Tage. Klar, ich muss auch Hausaufgaben machen, aber ich kann relativ selbst bestimmen, wann ich wie viel mache, und den Rest meiner Zeit Musik hören, laufen, zeichnen, lesen... Sogar Mom ist entspannter als sonst, obwohl ich sie vor allem korrigieren sehe. Ich mache auch viel mit Josi, Ben, Tom und Beca. Gestern waren wir im Schwimmbad. Josi ist vom 5er gesprungen (nachdem sie den Turm für eine knappe halbe Stunde blockiert hatte, weil sie sich nicht traute...)! Morgen machen wir (Nellah) mal wieder einen Mädelsabend. Es ist der erste richtige Mädelsabend mit Lena und ich freue mich schon darauf. Ich hoffe nur, dass unsere Gruppe jetzt nicht irgendwie in Taizéler und Nicht-Taizéler gespalten ist...

Übermorgen habe ich meine erste Fahrstunde seit der Prüfung... Ich habe echt etwas Schiss davor, vor allem, weil ich so das Gefühl habe, dass ich gar nicht mehr weiß, wie man eigentlich Auto fährt...

Hailey

Betreff: Re: Re: Taizé
Datum: 26.4.
Von: Kathrin Brunner <kathrinbrunner@web.de>
An: Hailey <hailey.s@web.de >

Liebe Hailey,

unser Gespräch am Montagabend klingt noch in mir nach. Du hast völlig Recht, dass Bernds Erkrankung absolut beschissen ist, und ich werde mich davor hüten, für dieses unglaubliche Leid eine „fromme Rechtfertigung" suchen zu wollen. Es gehört für mich zu meinem Leben und Glauben dazu, dass die Frage nach dem Leid in der Welt und Gottes Tun und Lassen in solchen Dingen offen bleibt.

Geprägt hat mich dabei die Erfahrung meiner Freundin Tina. Sie ist eine gesunde, junge Frau, hatte schon einen kleinen Sohn und die ganze Familie hat sich vor zwei Jahren sehr auf ein neues Familienmitglied gefreut. Am Tag vor dem Geburtstermin ist das Baby ohne irgendeine nachvollziehbare Ursache in Tinas Bauch gestorben. Das kleine Herz hat aufgehört zu schlagen, noch bevor das kleine Mädchen den ersten Atemzug tun konnte. Ich habe den Schmerz und die Verzweiflung, die Wut und die Angst von Tina und Carl damals hautnah mitbekommen. Einmal saßen wir zusammen auf der Couch. Tina hat in einer abgrundtiefen Verzweiflung geweint und immer wieder gerufen: „Ich will mein Baby wiederhaben." So nah ist mir das Leid noch nie zuvor gekommen und ich habe es so sehr mitgespürt, dass es mich selbst innerlich förmlich zerrissen hat. Ich war so hilflos und konnte überhaupt nichts tun.

Und dann ist etwas passiert, was ich nicht wirklich gut in Worte fassen kann. Nach einer langen Zeit des Weinens und Klagens stellte sich eine Ruhe ein, die ich so noch nie erlebt habe. In der Bibel gibt es einen Vers, in dem sinngemäß steht, dass der Friede Gottes alles Verstehen übersteigt. Und ich würde sagen, das trifft es ziemlich genau. Damit ist das Leid in seiner unfassbaren Härte nicht weg, aber Gott war spürbar mit dabei. Wie gesagt, ich kann es nicht wirklich gut in Worte fassen …

Ein paar Wochen später habe ich dann mitbekommen, wie eine Freundin Tina gefragt hat, wie sie das denn hinkriegt mit ihrem Glauben und dem Tod ihrer Tochter. Und Tina hat dann gesagt, dass sie es überhaupt nicht hinkriegt. Dass in ihr so viel Schmerz und Unverständnis, so viel Zweifel und Ängste sind, dass sie weit davon entfernt wäre, „es hinzukriegen". Aber sie hat auch gesagt, dass sie so froh ist, dass sie ein Gegenüber für ihren Schmerz hat und dass sie sich nicht vorstellen möchte, wie es wäre, diese schreckliche Situation ohne Gott durchstehen zu müssen.

Diese Zeit auf unserer Couch und dieses Gespräch ein paar Wochen später sind mir vermutlich für immer in die Erinnerung gebrannt. Und auch wenn ich natürlich hoffe, dass ich solch schlimmes Leid nie selbst erleben muss, so kann ich es doch nicht ausschließen. Mit Gott auf dem Weg zu sein, heißt nicht, dass wir eine Garantie für ein unkompliziertes, allzeit glückliches und komfortables Leben haben. Aber es heißt für mich, dass Gott alle Wege mitgehen wird. Und wenn es so kommen sollte, dann hoffe ich, dass mich mein Glaube genauso trägt, wie er Tina und ihre Familie getragen hat.

Puh, das wurde jetzt eine lange und ernste Mail. Aber es lag mir auf dem Herzen, dir das mitzugeben.

Sei gedrückt, meine Lieblingspatentochter

Kate

Betreff: Re: Re: Re: Taizé
Datum: 27.4.
Von: Hailey <hailey.s@web.de>
An: Kathrin Brunner kathrinbrunner@web.de

Hi Kate,

Wow, ich weiß nicht so genau, was ich jetzt sagen soll. Das ist echt eine krasse Geschichte. Ich denke, ich verstehe ein bisschen, was du beschreibst. Als ich Lena die Sache mit Jonas erzählt habe, war ich auch auf einmal ganz ruhig und es war nicht so schlimm. Natürlich ist das nicht vergleichbar, aber es ist vielleicht ein bisschen ähnlich. Ich finde es echt krass, dass Tina trotz allem an Gott festhält. Ich kann es mir gar nicht richtig vorstellen, aber wahrscheinlich gehen solche Dinge sowieso über den menschlichen Verstand hinaus. Der Gedanke, in seinem Schmerz nicht allein gelassen zu werden, ist jedenfalls schön. Geteiltes Leid ist halbes Leid, nicht wahr? Auf der anderen Seite weiß ich nicht, ob ich Gottes Hilfe annehmen könnte, wenn er diesen Horror hätte verhindern können und es nicht getan hat.

Na ja, ich hoffe einfach, dass es Bernd bald wieder besser geht …

Hailey

HAILEYS DIARY, 27.4.

Hi Diary,

mein Dad hat immer gesagt: „Lügen haben kurze Beine, Leni, fang am besten gar nicht damit an, am Ende kommt es immer raus." Hätte ich doch bloß auf ihn gehört...

Heute war ja Mädelsabend und Lena war auch dabei. Es war auch echt cool, wir haben gepokert und ich hatte sogar mal ein Straight Flush! Danach haben wir einfach noch auf der Couch gechillt und in einem Nebensatz hat Nora gesagt: „... und Hailey mit Nils, ihrem heißen Sommerflirt ...". Lena hat mich irritiert angeschaut, aber nichts gesagt (wofür ich ihr echt dankbar bin). Sofort kam mein ganzes schlechtes Gewissen wegen der Lüge wieder hoch.

Auf dem Heimweg (wir haben dieses Mal nicht übernachtet, weil es bei Nora nicht genug Platz gibt) hat Lena mich aber dann doch gefragt, was Nora damit gemeint hatte. Sie war enttäuscht von mir, dass sie mir das mit Jonas anvertraut hatte und ich ihr nichts von Nils erzählt hatte. Ich kämpfte echt mit meinem Gewissen und schließlich brach alles aus mir heraus und ich erzählte ihr von der Lüge. Ich verstehe inzwischen echt nicht mehr, warum ich es getan habe, und würde am liebsten die Zeit zurückdrehen, um meinem jüngeren Ich zu sagen, dass es einfach ehrlich antworten sollte. Lena verstand mich, aber sagte auch, dass ich den anderen Mädels lieber sagen sollte, was Sache ist, bevor sie es auf anderem Wege erfahren. Sie hat natürlich recht, ich muss es den anderen sagen, sobald sich eine Gelegenheit ergibt ...

Lena ist echt eine mega gute Freundin. Als wir die Peinlichkeiten überwunden hatten (also eher ich, für sie war's ja nicht peinlich), wurd's dann noch richtig lustig. Lena wollte wissen, wie ich ausgerechnet auf Nils gekommen bin, und hat mich dann daran erinnert, dass der Nils aus dem Kindergarten doch dauernd in der Nase gebohrt hat. Das hatte ich völlig vergessen. Ich hoffe doch sehr, dass er sich die Hände gewaschen hatte, bevor wir damals hinter der Hecke

Händchen gehalten haben... wir haben dann noch über meine absolute Unwiderstehlichkeit bei ausnahmslos allen männlichen Wesen gefrotzelt. Und bei allen anderen wäre ich mir wahrscheinlich völlig blöd vorgekommen (von wegen mit 17 noch ungeküsst zu sein, ist kurz vor absolut hoffnungslosem Fall von alter Jungfer), aber mit Lena war es einfach nur witzig und sie ist jetzt ganz offiziell mein Bodyguard, um mir auch weiterhin alle Papparazzi und sonstigen Stalker vom Leib zu halten (den Traumprinzen aber natürlich durchzulassen, wenn er dann endlich mal auf seinem Pferd daher galoppiert kommt... also Ferrari).

Es war einfach nur gut und ich bin total dankbar für unsere Freundschaft, die damit noch einmal ein Stück tiefer geworden ist.

Hailey

Betreff: Re: Re: Re: Re: Taizé
Datum: 26.4.
Von: Kathrin Brunner <kathrinbrunner@web.de>
An: Hailey <hailey.s@web.de >

Liebe Hailey,

den Gedanken, dass es schwer ist, in einer solchen Extrem-Situation von Gott Trost und Hilfe anzunehmen, kann ich sehr gut nachvollziehen und der Weg dahin ist ja auch bei Tina kein direkter gewesen. Es hat immer wieder Phasen gegeben, in denen sie Gott angeklagt und sich an seinem Nicht-Handeln/ Zulassen des Schreckens aufgerieben hat. Aber es gab eben auch die Momente von Trost und innerem Frieden.

Letztlich ist Tinas Weg für mich die Antwort auf die Frage, ob ich Gott vertrauen kann, dass er gut ist und es gut machen wird (wenn auch manchmal erst in der Ewigkeit), auch wenn ich nichts mehr verstehen oder erklären kann. Und diese Antwort ist bei Tina kein leichtfertiges, sondern schwer errungenes „Ja".

Eine (völlig banale) Geschichte mit Luca hat mir dabei ins Herz gesprochen: Er hatte damals eine Phase, in der er sich komplett gegen das Zähneputzen gewehrt hat. Ich musste ihn dazu förmlich in den Schwitzkasten nehmen und er hat sich mit Händen und Füßen dagegen gewehrt. Wenn die Prozedur dann vorbei war und ich ihn losgelassen habe, ist er aber nicht etwa weggerannt, sondern hat sich in meine Arme gestürzt und von mir trösten lassen. Er hat trotzdem an meine Liebe geglaubt und daran, dass ich es gut mit ihm meine.

Dieses Bild ist mir damals ins Herz gerutscht. Und ich habe mich entschieden, an Gottes Liebe zu glauben, auch wenn sich das „im Schwitzkasten des Lebens" manchmal überhaupt nicht so anfühlt. Ich darf mit Gott und den Absurditäten und Schrecken, die das Leben mir manchmal zumutet, ringen. Aber ich möchte in und trotz allem an Gott und seiner Liebe festhalten.

Liebe Hailey, das ist mein Weg damit. Letztlich musst du für dich selbst herausfinden, wie du zu der Frage stehst. Ich finde es echt beeindruckend, wie intensiv und tiefgründig du dich damit schon jetzt auseinandersetzt. Ich glaube, mit 17 war ich längst nicht so weit!

Du bist einfach eine tolle junge Frau!

LG

Kathrin

HAILEYS DIARY, 28.4.

Hi Diary,

Ich hatte heute ja meine erste Fahrstunde seit der Prüfung. Habe erst mal den Motor abgewürgt, weil ich so nervös war... Ich habe mich total unwohl hinter dem Lenkrad gefühlt und hatte dauernd wieder den Piepston aus der Prüfung im Ohr. Oliver redete mir gut zu und versuchte mir zu erklären, dass es nicht schlimm sei, dass ich durchgefallen war. Er wisse, dass ich fahren könne, die rote Ampel hätte ich einfach übersehen, aber sonst wäre ich super gefahren! Ich wusste, dass er recht hatte, aber Angst hatte ich irgendwie trotzdem. Wir sind einfach eine Weile in der Stadt rumgefahren, damit ich mich wieder ans Fahren gewöhne. Nach einer Weile lief es auch besser und ich weiß jetzt alles über Olivers letzten Urlaub, weil er mich ablenken wollte. Trotzdem war ich echt erleichtert, als ich aussteigen durfte, und warf mich daheim erst mal auf mein Bett, um meine Nerven zu beruhigen. Keine Ahnung, wie ich <u>so</u> meine Prüfung nächste Woche bestehen soll...

Hailey

KATHRINS TAGEBUCH, 29.4.

DANKE! DANKE! DANKE GOTT!!! Bernd geht es gut! Es war tatsächlich nur ein fieser Virus und keine neue Krebsattacke, die ihn die letzte Zeit lahmgelegt hat. Wir haben so viel für ihn gebetet und es ist beschämend, zu merken, wie erstaunt ich bin, dass es tatsächlich gut geworden ist.

Mein Glaube ist klein ... nur gut, dass Senfkorngröße ausreicht:-). Bin auch wegen Hailey froh, dass es Bernd besser geht. Sie nähert sich Gott (hoffe ich) gerade wieder ein bisschen an und setzt sich sowieso schon intensiv mit der Theodizee-Frage auseinander. Ich finde, Gott könnte sich ihr ruhig in seiner fürsorglichen Art zeigen: z. B. bei der Fahrprüfung nächste Woche. Da bete ich auch schon die ganze Zeit dafür. Leichtsinnigerweise habe ich Hailey das auch schon gesagt und hoffe, dass diesmal wirklich alles glatt geht.

HAILEYS DIARY, 30.4.

Hi Dairy,

Tom und Beca haben sich, glaube ich, ein bisschen gezofft... Jedenfalls war Tom heute mega schlecht drauf und auf Moms Frage beim Frühstück, ob er sich heute mit ihr treffe, hat er nur gegrunzt und genervt den Kopf geschüttelt. Keine Ahnung, was passiert ist, gestern war noch alles normal. Ich wollte ihn aber lieber nicht fragen, weil er nicht so aussah, als ob er das Bedürfnis hätte, darüber zu reden. Wenn Tom die Brauen zusammenzieht und seinen Kiefer anspannt, geht man ihm am besten aus dem Weg.

Kate hat mir die Geschichte von Luca und dem Zähneputzen erzählt. Ich weiß nicht genau, was ich darüber denken soll... Aus ihrer Perspektive macht es natürlich Sinn. Sie meinte es echt nur gut mit Luca und wusste, dass es wichtig für ihn ist, dass er gesunde Zähne hat. Aber ich verstehe nicht, warum Luca dann von ihr Trost wollte, denn er weiß das ja nicht. Wäre es nicht viel logischer, wenn er wegrennen würde? Es ist halt Kinderlogik, schätze ich, dass man immer zur Mama geht, wenn man Trost braucht, selbst wenn sie der Grund ist, warum man überhaupt getröstet werden will. Aber ich bin kein Kind mehr und so eine Reaktion kommt mir irgendwie ein bisschen „dumm" vor...

Hailey

HAILEYS DIARY, 1.5.

Hey Diary,

Tom kam heute in mein Zimmer und hat mich quasi um Rat gefragt. Wie ich vermutet hatte, haben Beca und er sich gestritten. Letzten Freitag hatte er sie als Überraschung von der Arbeit abholen wollen und dabei gesehen, wie sie mit einem jungen Gast geredet hatte. In seinen Augen war es da aber nicht um eine Bestellung gegangen, so wie Beca ihr Haar gezwirbelt und der Typ ihren Ausschnitt angegafft hatte. Tom ist ziemlich wütend geworden und hat sie zur Rede gestellt, warum sie mit einem anderen flirte. Beca war sofort auf 180, was er ihr denn unterstelle und dass es ihr Job sei, die Gäste höflich zu behandeln. Tom bekam das natürlich in den falschen Hals und wurde laut. Er wollte gar nicht wissen, was höflich alles beinhaltete. Beca wurde früher nach Hause geschickt, weil sie sich während ihrer Arbeit lautstark stritt. Jetzt ist sie sauer, weil sie nicht glauben kann, dass Tom wegen einer Kleinigkeit so eifersüchtig und besitzergreifend wird und sie wegen ihm vielleicht ihren Job verliert. Und er ist sauer, weil es für sie wohl eine Kleinigkeit ist, wenn sie in ihrem Job nicht nur kellnert, sondern sich für ein Trinkgeld auch noch angraben lässt. Habe versucht, ein bisschen zu vermitteln, ohne mich auf eine Seite zu stellen. Er will sie jedenfalls anrufen. Mal sehen, wie es läuft…

Da ja wieder Schule ist (laaaangweilig), hatten Mateo und Luca auch wieder Kinderturnen. Ich hatte ein bisschen Schiss vor meiner Begegnung mit Josh, weil ich davon ausging, dass er mich wegen der Fahrprüfung fragen würde. Hat er aber nicht, wir haben einfach ein bisschen über die Ferien geredet. Zum einen bin ich erleichtert, dass er nicht gefragt hat. Auf der anderen Seite bin ich irgendwie ein bisschen enttäuscht, dass er es vergessen hat. Habe ich das gerade echt gedacht?! Ich weiß doch, dass Jungs manchmal Probleme mit ihrem Langzeitgedächtnis haben…

Hailey

Betreff: Re: Re: Re: Re: Re: Taizé
Datum: 1.5.
Von: Hailey <hailey.s@web.de>
An: Kathrin Brunner kathrinbrunner@web.de

Hey Kate,

Mateo hatte mir mal erzählt, dass du mit Luca da Schwierigkeiten hattest, aber ich dachte, er übertreibt, als er behauptete, du hättest dich „auf ihn drauf gesetzt"… Ich kann, ehrlich gesagt, nicht so viel mit dem Beispiel anfangen, aber ist ja schön, wenn es für dich passt.

Tom und Beca haben sich übrigens gestritten und Tom ist auf einmal doch davon überzeugt, dass er sein Praktikum machen möchte. Ich denke, diese Meinung wird er aber auch beibehalten, wenn sie sich wieder vertragen, weil er jetzt weiß, dass er wirklich nur wegen Beca hier bleiben würde und es sich nicht vorhersagen lässt, wie lange ihre Beziehung dauert.

Habe übrigens übermorgen Fahrprüfung und obwohl ich ja gerade nicht so viel mit Gott und so anfangen kann, würde ich mich besser fühlen, wenn du dafür beten könntest …

Bis später

Hailey

Betreff: Re: Re: Re: Re: Re: Re: Taizé
Datum: 1.5.
Von: Kathrin Brunner <kathrinbrunner@web.de>
An: Hailey <hailey.s@web.de >

Liebe Hailey,

klar bete ich für dich! Ich kann gut verstehen, dass du wegen der Prüfung Schiss hast. Aber DU KANNST GUT FAHREN und hast letztes Mal einfach das Pech gehabt, deinen Aussetzer ausgerechnet in der Prüfung zu haben. Ich habe vor 5 Jahren auch mal eine rote Ampel übersehen. Das hat drei Monate Führerscheinentzug und eine nicht ganz kleine Bußgeldzahlung zur Folge gehabt – autsch. Wenn mir das in der Fahrprüfung passiert wäre, wäre ich auch durchgerasselt. Aber sowas passiert ja auch nur selten und morgen wird das schon klappen. Ich bete jedenfalls ganz fest für dich! Meldest du dich kurz, wenn die Prüfung um ist?

Sei gesegnet, meine Lieblingspatentochter

Kathrin

HAILEYS DIARY, 2.5.

Hey Diary,

uaaaah, morgen ist die Prüfung… Ich habe echt Angst davor… Ollie hat mich heute bei meiner Fahrstunde noch mal ermutigen wollen, aber ich glaube, er weiß auch, dass er meine Angst nicht einfach wegzaubern kann. Immerhin liefen die Fahrstunden, die ich jetzt dazwischen hatte, richtig gut. Und Kate betet für mich. Habe übrigens aus meinem Fehler von der letzten Prüfung gelernt und niemandem außer Lena, Kate und meiner Familie von der Prüfung erzählt. Ich will auf keinen Fall nochmal so einen Nachmittag, an dem im 10-Minuten-Takt mein Handy vibriert… Und wenn ich bestanden habe, kann ich es meinen Freunden ja immer noch erzählen.

Wegen der Fahrstunde konnte ich heute nicht zum Training und jetzt fühlt sich mein Magen an, als hätte ich etwas Wuseliges gegessen… Bitte, bitte, lass es mich morgen schaffen!

Hailey

HAILEYS DIARY, 3.5.

Hi Diary,

ich will dir gar nicht schreiben. Wenn ich es aufschreibe, ist es wirklich passiert und es soll nicht passiert sein. Nicht schon wieder. Okay, ganz ruhig, ich will nicht schon wieder weinen.

Am Anfang lief alles ganz gut. Ich war zwar noch nervöser als bei meiner ersten Prüfung, aber mein Körper wusste noch, wie es geht. Und dann, wie bei einem Déjà-vu, kurz vor Ende der Prüfung. Ich fahre auf eine Kreuzung zu und ordne mich auf der Links-Abbieger-Spur ein. Es wird grün, ich fahre los und achte auf eine alte Omi, die sich nicht entscheiden kann, ob sie jetzt rüber möchte oder nicht. Und vor lauter Omi sehe ich das Schild mit 30er-Zone nicht. Die folgende Straße liegt am Rand von einem Wohngebiet und sieht aus wie eine normale 50er-Straße. Fazit: mit 48 km/h durch die 30er-Zone gefahren. Und wieder. Der hohe, schreckliche Piepston, der mir sagt, dass ich versagt habe. Wieder.

Jetzt heule ich doch... Und mir ist schlecht. Ich kann einfach nicht glauben, was passiert ist. Warum mir? Warum zweimal? Ich will nie wieder eine Fahrprüfung machen. Ich will überhaupt nicht mehr Auto fahren.

Als Ollie mich beim Parkplatz raus gelassen hat, wusste ich gar nicht, wo ich hinlaufen sollte. Gesehen habe ich sowieso nicht besonders viel... Auch nicht den Typen, in den ich deswegen voll reingelaufen bin. Als ich meinen Namen hörte, schaute ich hoch. Es war Josh. Sein Lächeln verschwand aus seinem Gesicht, als er meine Tränen sah. Ich drehte mich weg und wollte weitergehen. Ich hatte jetzt echt keinen Nerv für das übliche Durchgefallen-Gespräch.

Aber er zog mich an meiner Hand zurück und fragte besorgt, was los sei. Ich zögerte, aber dann ist es aus mir rausgeplatzt. Ich wäre am liebsten unsichtbar geworden, als ich das Mitgefühl in seinen Augen sah. Aber statt der gewohnten Überheblichkeit, die daraufhin meistens folgte, nahm Josh mich einfach in den Arm. Er drückte mich an seine Brust und sagte gar nichts. Ich musste davon nur noch heftiger weinen, was mir ziemlich peinlich war, weil ich Angst hatte, sein T-Shirt vollzurotzen. Außerdem war ich von der körperlichen Nähe total überrumpelt. Trotzdem fühlte es sich irgendwie richtig an und ich vergrub mich in seiner Schulter. Als ich mich ein bisschen beruhigt hatte, löste ich mich von ihm und er gab mich frei. In seinem Blick lag immer noch nur Mitleid und Sorge. „Besser?", fragte er mich und lächelte mich zögerlich an. „Ja", sagte ich und lächelte vorsichtig zurück.

Und es stimmte, es ging mir tatsächlich besser. Ich war zwar immer noch durchgefallen, aber es fühlte sich nicht mehr ganz so schlimm an. Ich wischte mir die Tränen von den Wangen und Josh gab mir eins dieser altmodischen Stofftaschentücher. Der hat so was echt noch! Das hat mich voll an Narnia erinnert, wo Herr Tumnus Lucy ein Stofftaschentuch gibt, und ich hab' aus Spaß (und um die Peinlichkeit zu überbrücken) „Danke, Mylord" gesagt und das von Narnia erzählt. Das war mal Joshs Lieblingsfilm!

Es hat sich daraus dann irgendwie ein witziges Gespräch entwickelt. Josh erwiderte mein Mylord mit Mylady und wunderte sich, dass ich als „Lady" inzwischen trotzdem auch (wie er) eher auf Fast and Furious stehe.

Wir setzten uns auf eine Bank am Wegrand und redeten. Über Filme, die Schule, Freunde, Zukunftspläne und vieles mehr. Es war richtig schön und für eine Zeit lang konnte ich meine Prüfung einfach vergessen. Es war total einfach, mit Josh zu reden, ich dachte gar nicht darüber nach, was ich eigentlich sagte. Das Gespräch entwickelte sich von ganz allein und war einfach total entspannt.

Ich erfuhr auch noch mehr über Josh selbst. Er hat eine jüngere Schwester namens Tamara, spielt auch gerne Fußball, hat einen Hund (Nando) und hört gerne Musik. Weil er in der 8. seine rebellische Phase hatte, hat er eine Ehrenrunde gedreht und macht dadurch auch erst nächstes Jahr Abi. Wie eigentlich jeder Jugendliche weiß er noch nicht so genau, was er danach machen will, aber ihm scheint das kaum etwas auszumachen. Ich glaube, er ist so ein „Lebe den Moment"-Typ, auf den man bei spontanen Verrücktheiten zählen kann. Angeblich ist er ungeschlagener Meister beim Pokern und natürlich habe ich die Herausforderung sofort angenommen, mal gegen ihn anzutreten. Er weiß ja nicht, dass ich auch ziemlich gut bin... :)

Jetzt liege ich im Bett und versuche, nicht so viel an ihn zu denken... An seine braunen Augen, seine verwuschelten braun-blonden Haare, sein ausgewaschenes T-Shirt, das diesen Lieblingsshirt-Eindruck vermittelt, an seinen besorgten Blick und sein Lächeln, als er mir sein Taschentuch schenkte. Oder die Begeisterung in seinen Augen, wenn er von etwas erzählte, was er mochte. Oder - wow, stopp!

Denke ich wirklich so ein Zeug? Ich kling ja wie eins dieser Pärchen, die wegen ihrer rosa-roten Brille gegen eine Wand laufen und nur noch in „Wir-Form" reden! Ich sollte wirklich ganz dringend damit aufhören! Was hat Lena mir mal gesagt, was ich tun soll, um meine Gedanken abzulenken? Ach ja, von tausend rückwärts zählen. In Achterschritten. Da kann man nämlich an nichts anderes mehr denken. Also dann: 1000, 992, 984. Boa ne, ich mag kein Mathe... Bessere Idee: Ich denke an die beschissene Fahrprüfung. Dann muss ich kotzen und denke bestimmt nicht mehr an Josh...

Deine, emotional vollkommen neutrale,

Hailey

KATHRINS TAGEBUCH, 3.5.

Ich fasse es nicht! Dreimal Scheiße habe ich letztes Mal schon geschrieben. Ich dachte nicht, dass es eine Steigerung geben könnte. Hallo, Gott?!? Bist du da?!? Wie kannst du es nur zulassen, dass Hailey noch einmal durch die Fahrprüfung segelt? Sie hat mich darum gebeten, dass ich für sie bete. Das war doch echt ein Schritt auf Gott zu. Und ich hatte das Gefühl, dass Gott diesen zweiten Anlauf nutzen könnte, um ihr seine Nähe zu zeigen.

Und jetzt das! Als sie sich nach dem voraussichtlichen Ende der Fahrprüfung nicht gleich gemeldet hat, war ich noch ganz optimistisch und dachte, sie feiert ... Eine Stunde später ging sie noch immer nicht ans Handy und zu Hause wusste auch Alex nichts von ihr. Da wuchs meine Befürchtung.

Und jetzt eben hat Alex mich angerufen, um mich zumindest insoweit zu beruhigen, dass Hailey gesund zu Hause angekommen ist. Ich habe dann noch ganz kurz mit Hailey geredet. Sie schaute gerade „Gilmore Girls" und war nicht besonders gesprächig. Sie ist verständlicherweise fertig und will die Sache mit dem Führerschein für immer begraben. Ich denke, die Erfahrung ist jetzt einfach noch so frisch, dass sie sich einen dritten Anlauf nicht vorstellen kann. Aber lassen sollte sie es auf keinen Fall.

Mir fällt gerade Lucie ein, die mir bei meinen Still-Problemen so geholfen hat. Würde Hailey gerne davon schreiben. Allerdings fand *sie meine „letzte Story aus der Mutterschaft" ja nicht so wirklich passend. Irgendwie ist mein Erfahrungshorizont ziemlich beschränkt … Andererseits könnte es ihr vielleicht wirklich helfen und ich glaube, es wäre echt schlecht für sie, wenn sie jetzt aufgibt.*

Vielleicht schreibe ich jetzt einfach mal eine Mail und kann dann immer noch entscheiden, ob ich sie abschicke. Eigentlich bin ich ja sauer mit dir, Gott. Aber ich wüsste trotzdem gerne, ob es für Hailey gut ist, ihr diese Erfahrung zu schreiben oder nicht. Da kommt mir gerade eine Idee … Ich werde ihr schreiben!

Betreff: Vorschlag
Datum: 3.5.
Von: Kathrin Brunner <kathrinbrunner@web.de>
An: Hailey <hailey.s@web.de >

Liebe Hailey,

ich würde dir gerne einen Vorschlag machen, aber ich muss dazu ein bisschen weiter ausholen und außerdem auch wieder aus meiner „Mutterschaftsgeschichte" erzählen. Gib mir die Chance und lies einfach erst mal:

Als Mateo geboren war, hatte ich zu Beginn große Probleme mit dem Stillen. Wunde Brustwarzen und drei Brustentzündungen mit hohem Fieber innerhalb einer Woche hatten mich völlig fertig gemacht und ich wollte aufgeben. Ich hatte damals eine geniale Hebamme namens Lucie (Luca ist nach ihr benannt, konnte ihn ja schlecht Lucie nennen …). Sie hat mich erst mal fachlich optimal beraten, menschlich super unterstützt und hat mir dann folgenden Vorschlag gemacht: Ich sollte mir und Mateo 6 Wochen Zeit geben, um das mit dem Stillen hinzukriegen, und sie würde jeden Tag kommen, um uns zu unterstützen. Zwei Wochen waren ja schon um. Wenn ich in 4 Wochen noch immer Probleme hätte, könnte ich es auch sein lassen. Aber sie würde beste Chancen sehen, dass wir in 4 Wochen ein eingespieltes Team wären und es mit dem Stillen klappen würde.

Ich ging auf den Vorschlag ein und bei der nächsten Brustentzündung hat es mir geholfen, zu wissen: Noch drei Wochen halte ich das durch und dann ist es entweder gut oder es ist gut, damit aufzuhören. Für mich war klar: Diese sechs Wochen kann ich schaffen. Aber wenn diese Grenze erreicht ist, dann werde ich aufhören zu stillen.

Du hast jetzt zwei Fahrprüfungen hinter dir. Mein Vorschlag ist es, dass du dir sechs Prüfungen gibst. Wenn du dann den Führerschein noch nicht hast, kannst du es vorerst sein lassen. Dann ist es vielleicht in ein oder zwei Jahren für dich dran. Aber vorher solltest du die Sache nicht mehr in Frage stellen.

Ich möchte dich, so gut ich kann, unterstützen. Ganz konkret heißt das, dass ich alle weiteren Kosten für deinen Führerschein übernehmen werde. Außerdem stehe ich mit Schokolade, Aschenbrödel und weiten Armen zur Verfügung, wenn es nötig sein sollte.

Aber ich glaube mit derselben Gewissheit wie Lucie: Du hast die besten Voraussetzungen, es zu schaffen, und ich finde, du bist stark genug, um diese bescheidene Situation anzugehen und nicht aufzugeben.

Du musst dich auch nicht gleich entscheiden. Denk darüber nach und gib mir Bescheid, wenn du eine Entscheidung getroffen hast.

Ich drück' dich

deine Kate

HAILEYS DIARY, 4.5.

Hi Diary,

ich bin echt mega erleichtert, dass ich niemandem von der Prüfung erzählt habe! Lena habe ich gestern Abend schon vorgewarnt und sie hat sich verhalten, als wäre es ein Tag wie jeder andere. Nur ihre Umarmung zur Begrüßung war einen Tick länger als sonst. Luisa hat gestern auch ihre Prüfung gehabt und - Überraschung - bestanden. Ich glaube, ich bin die einzige auf der Welt, die das nicht hinkriegt...

Meine Erdkundearbeit lief nicht so gut, weil ich gestern (logischerweise) nicht mehr gelernt habe. Habe ein bisschen improvisiert, in der Hoffnung, dass ich vielleicht richtig rate...

Als ich heimkam, versuchte ich mich erfolglos auf unsere Deutschlektüre zu konzentrieren. Immer wenn ich am Ende eines Satzes ankam, hatte ich vergessen, wie er angefangen hatte. Stattdessen habe ich herausgefunden, dass meine Wand 23 komische, dunklere Flecken und 7 Löcher hat und dass unsere Nachbarn gegenüber heute ein Beet angepflanzt haben.

Außerdem hat Kate mir eine Mail geschrieben. Ich war anfangs etwas skeptisch. Aber irgendwie fand ich die Idee mit den 6 Prüfungen ganz gut und habe schon am Ende der Mail gemerkt, dass ich mich bereits dafür entschieden habe. Ich hoffe allerdings sehr, dass ich nicht noch 4x durchfalle. Aber es ist einfach irgendwie beruhigend, zu wissen, dass 6x meine Grenze ist. So viel kann ich schaffen und wenn es dann immer noch nichts wurde, ist das okay und dann darf ich mir auch erlauben, aufzuhören. Und ich finde es total krass, dass Kate alles weitere bezahlen will. Das nimmt mir auch echt nochmal Druck weg, weil ich mir wenigstens wegen meiner finanziellen Situation keine Sorgen machen muss. Ich muss ihr unbedingt noch antworten und mich bei ihr bedanken!

Hailey

Betreff: Re: Vorschlag
Datum: 4.5.
Von: Hailey <hailey.s@web.de >
An: Kathrin Brunner <kathrinbrunner@web.de>

Hey Kate,

4 Brustentzündungen – autsch!

Ich musste gar nicht lang über deinen Vorschlag nachdenken, ich habe mich schon dafür entschieden. Ich hoffe natürlich, dass ich keine 6 Versuche brauche, aber irgendwie hat sich meine Einstellung zu Fahrprüfungen dadurch entspannt.

Es ist nicht schlimm, wenn ich durchfalle, weil ich einfach noch einen Versuch machen kann. So theoretisch jedenfalls. In echt habe ich natürlich immer noch total Schiss vor meiner nächsten Prüfung, aber das ist, denke ich, unvermeidbar …

Übrigens finde ich es total krass, dass du die weiteren Kosten übernehmen willst! Das habe ich echt nicht erwartet und ich weiß gar nicht, wie ich mich bei dir revanchieren kann! Auf jeden Fall nehme ich jetzt kein Geld mehr an, wenn ich montags bei dir babysitte.

Danke für deine Unterstützung, du bist echt unglaublich!

Deine Hailey

HAILEYS DIARY, 5.5.

Hey Diary,

Emma hat heute vorgeschlagen, mal wieder einen Mädelsabend zu machen, und Lena war sofort hellauf begeistert. Sie hat es zu ihrer persönlichen Mission gemacht, herauszufinden, wer Luisas neuer Lover ist. Ein gewisser Mr. T wird nämlich in ihrem Status erwähnt und bisher hat Luisa noch nichts preisgegeben.

Natürlich sagte ich nichts, aber mein Gehirn registrierte den Fakt, dass Luisa nicht mehr auf Josh stand, sofort und schüttete eine Ladung Hormone aus. Es erinnerte mich ein bisschen an das Knöpfe abzählen (Entscheidungsmethoden), wo ich auch immer in mir drin eine kleine Erleichterung spüre, wenn das gewünschte Ergebnis kommt. Ganz zuordnen kann ich es in diesem Fall aber nicht...

Ich will diese Gefühle nicht! Ich will mich nicht wieder in einen Typen verlieben und am Ende heulen... Klar, Josh ist nicht Henry, aber trotzdem, ich will das echt nicht noch einmal erleben! Und außerdem sind Josh und ich doch jetzt einfach befreundet und jeder Idiot weiß: Fang niemals etwas mit einem Freund an! Ich kann mit Josh einfach befreundet sein und diese Gefühle (oder was auch immer das ist) werden bestimmt auch nachlassen mit der Zeit. Punkt.

Hailey

Betreff: Re: Re: Vorschlag
Datum: 6.5.
Von: Kathrin Brunner <kathrinbrunner@web.de>
An: Hailey <hailey.s@web.de >

Liebe Hailey,

ich freue mich SEHR, dass du meinen Vorschlag annimmst. Du bist einfach eine starke junge Frau und tough genug, dich dieser Herausforderung zu stellen – gerade auch, WEIL du ordentlich Schiss hast, finde ich das beachtlich!

Dass du jetzt dafür gratis babysitten willst, nehme ich gerne an. Der Job, den du da machst, ist sowieso unbezahlbar. Es tut mir einfach so gut, diesen Abend für mich zu haben, und die Jungs sind glücklich, dass sie dadurch regelmäßig Kontakt zu ihrer Lieblingskusine und seit einiger Zeit immer zwei Gutenachtgeschichten haben ;-)

Wie geht's Tom und Beca? Finde es ja grundsätzlich gut, dass Tom sich für sein Praktikum entschieden hat, aber ich finde Beca auch so eine nette junge Frau, dass ich es schade fände, wenn die Beziehung zu Ende ginge.

Bernd fängt nächste Woche wieder an, für ein paar Stunden zu arbeiten. Das freut mich so sehr. Alle Werte sind gut, seine Kräfte sind weitgehend zurückgekehrt und ich habe echt Hoffnung, dass der Krebs besiegt ist.

Ups … die Geräusche aus dem Badezimmer klingen nicht mehr nach friedlichem Planschen, sondern nach Wasserschlacht. Ich sollte besser nach den Jungs sehen, bevor sie das gesamte Haus fluten …

Kathrin

HAILEYS DIARY, 6.5.

Hey Diary,

heute war ein richtig schöner Tag! Ich habe total gut geschlafen und wurde von der Sonne geweckt. Weil es so warm war, konnte ich auf der Terrasse frühstücken und nach so 10 Minuten kam Tom dann auch runter und leistete mir Gesellschaft.

Am Nachmittag war ich beim SC (bin echt froh, dass ich für nächste Saison eine Dauerkarte habe!). Lena war auch dabei und da wir keine Lust auf verstopfte Straßenbahnen hatten, fuhren wir zusammen Fahrrad. Zum Glück sind wir früh genug losgefahren, denn die „Abkürzung", die uns laut Lena ganz schnell zum Stadion führen würde, dauerte schlussendlich doppelt so lang wie der normale Weg! Wir beide zusammen sind einfach schon immer Meisterinnen im Den-Weg-nicht-finden… wie damals, als wir in den falschen Bus gestiegen sind und dadurch den Zug verpassten, in dem unsere ganze Klasse auf dem Weg zum Basler Zoo saß.

Im Stadion war schon richtig Stimmung und wir fanden einen guten Platz, wo wir nah am Feld und weit weg von betrunkenen Leuten standen. Die erste Hälfte begann gleich mal richtig spannend mit ein paar Torchancen und einer phänomenalen Parade von Schwolow. Aber gegen Ende der ersten Hälfte wurde eigentlich nur noch auf Zeit gespielt und ich machte mich auf den Weg zum Pommesstand, um nicht ins große Gedränge zu kommen. Ich bestellte, drehte mich um und ließ mein Essen beinahe fallen, als ich zwei Leute hinter mir in der Schlange Josh stehen sah!

Mein Herzschlag setzte einen kurzen Moment aus und klopfte unregelmäßig weiter. Er entdeckte mich nur einen Moment später und lächelte mich überrascht an. Ich war irgendwie außer Atem und sagte ein bisschen nervös Hi. Seine Frage: „Was machst du hier?" war allerdings auch nicht gerade intelligent. Schließlich hatte ich Pommes in der Hand und befand mich im Stadion. Keine Ahnung, warum ich plötzlich außer Atem war. Was war nur los mit mir? Das war doch nur Josh! Ich holte einmal tief Luft und schaffte es dann, ziemlich normal zu erzählen, dass ich mit Lena hier war. Der Kumpel, mit dem Josh eigentlich kommen wollte, hatte ihn versetzt und einer spontanen Eingebung folgend, lud ich ihn ein, bei uns weiterzuschauen. Seine Augen blitzten auf und sein rechter Mundwinkel zuckte, als er mit einem Lächeln einwilligte. Als wir bei Lena ankamen, schossen ihre Augenbrauen in die Höhe und sie warf mir einen neugierigen Blick zu, als ich ihr Josh vorstellte. Es war klar, worüber wir bei unserer Rückfahrt reden würden…

Als die zweite Hälfte begann, hatte ich anfangs ein bisschen Probleme, mich richtig aufs Spiel zu konzentrieren, weil ich aus dem Augenwinkel Josh wahrnahm und zugleich checken wollte, ob Lena ihn gut fand oder nicht. In der Nachspielzeit stand es unentschieden und es sah so aus, als würde Hoffenheim gewinnen. Aber dann startete Freiburg einen Konter und der Ball segelte in einem wunderschönen Bogen ins rechte obere Eck! Das Stadion explodierte in einem einzigen Jubelschrei und im nächsten Moment wurde abgepfiffen. Wir hatten gewonnen! Ich drehte mich zu Josh und strahlte ihn an und er umarmte mich spontan. Ich war total überrumpelt! Als er mich los ließ, sah ich ihn ein bisschen unsicher an, aber er grinste nur schief und gab mir ein Zeichen mit dem Kopf. Ich drehte mich um und sah Lena an, die mir wieder einen dieser Blicke zu warf, bevor sie mich abklatschte. Wir haben natürlich unseren etwas komplizierten Taizé-Check gemacht, was Josh irgendwie ziemlich lustig fand und mich natürlich wieder rot werden ließ. Josh musste ziemlich schnell gehen, damit er eine einigermaßen leere Straßenbahn bekam, aber er schlug vor, vielleicht zusammen zum nächsten Heimspiel zu gehen! Uaaaaaaaah!!!

Als er in der Menge verschwunden war, drehte ich mich zögernd um und sah, wie Lena mich mit einem neugierigen Blick musterte. Auf dem ganzen Weg aus dem Stadion raus, während der Rückfahrt und vor Lenas Fahrradschuppen löcherte sie mich mit Fragen. Ich erzählte ihr vom Kinderturnen und der Fahrprüfung und sagte ihr aber auch, dass ich Angst hatte, nochmal eine Henry-Geschichte zu durchleben. Sie versprach mir, niemandem etwas zu sagen, und beruhigte mich, dass sie nicht den Eindruck hatte, dass in Josh ein Henry 2.0 stecken könnte.

Auf dem letzten Stück zu mir nach Hause summte ich vor mich hin und konnte mein Grinsen nicht unterdrücken. Egal, wie sehr ich versuche, mich dagegen zu wehren, ich kann nicht leugnen, dass ich Josh mag. Und dass ich mich auf Montag freue...

Hailey

Betreff: Re: Re: Re: Vorschlag
Datum: 7.5.
Von: Hailey <hailey.s@web.de >
An: Kathrin Brunner <kathrinbrunner@web.de>

Hey Kate,

Tom und Beca haben sich wieder vertragen, nachdem sie letzte Woche in Ruhe miteinander telefoniert haben. Sie machen jetzt sogar noch mehr zusammen als vor dem Streit, also alles wieder gut. Tom will allerdings immer noch sein Praktikum in Darmstadt machen, was ich echt gut finde.

Emma hat mir schon erzählt, dass es ihrem Vater besser geht, und ich bin echt total erleichtert! Als es ihm so schlecht ging, war Emma gar nicht mehr richtig anwesend, sondern hat fast nur noch aus dem Fenster gestarrt. Ihr sonst so ansteckendes Lachen war auch echt selten geworden. Jetzt ist sie wieder fröhlich, und das ist echt schön!

Hailey

HAILEYS DIARY, 8.5.

Hey Diary,

Ollie war, glaube ich, echt überrascht, wie entschlossen ich heute war. Logisch, das letzte Mal, als er mich gesehen hat, habe ich geheult und wollte nie wieder Auto fahren... Die Fahrstunde heute war aber richtig gut und Oliver hat es geschafft, dass ich meine nächste Fahrprüfung schon nächste Woche Donnerstag, also genau 2 Wochen danach (gesetzlicher Mindestabstand) machen kann.

Nach der Fahrstunde hat mich Ollie direkt bei der Turnhalle abgesetzt, weil es sich nicht mehr wirklich gelohnt hätte, vor dem Babysitten nach Hause zu gehen. Dafür war ich jetzt hier 15 Minuten zu früh dran und ich stand erst mal eine Weile vor der Halle rum, weil ich nicht wusste, wie ich Josh begrüßen sollte. Irgendwann bin ich aber doch runter und fragte mich, warum ich mir jedes Mal so einen Stress machte ... Als ich in die Halle kam, lächelte Josh mich an und fing gerade noch ein Kind auf, was vom Kasten fiel. Mateo und Luca winkten mir begeistert zu, aber blieben dieses Mal vorbildlich in der Reihe stehen. Josh ist echt gut in seinem Job, er hat voll den Draht zu den Kids.

Als am Ende der Stunde alle Kinder zu ihren Eltern stürmten, joggte Josh auf mich zu. Wir umarmten uns zur Begrüßung und redeten noch ein bisschen über das Fußballspiel, während sich die Jungs umzogen. Dann nahm ich meinen ganzen Mut zusammen und fragte total beiläufig, ob er mir nicht seine Nummer geben wollte, damit wir uns beim nächsten Heimspiel auch finden. Zum ersten Mal wurde nicht ich, sondern er rot. Aber dann grinste er und wir tauschten Nummern.

Auf dem Rückweg erzählten mir die Jungs irgendetwas, aber so richtig zugehört habe ich nicht. Ich machte mit den Jungs in der letzten Straße sogar ein Wettrennen (ich mit Luca Huckepack gegen Mateo), um schneller zu Hause zu sein. Die 20-Sekunden-Regel funktioniert immer noch super und ich wurde vor Ungeduld ganz kirre, als ich, wie immer, zwei Gute-Nacht-Geschichten vorlesen sollte ...

Endlich war es ruhig, ich schnappte mein Handy und warf mich auf die Couch. Zum Glück hat Kate mir mal das WLAN-Passwort gegeben! Eine unbekannte Nummer hatte mir „Hey Mylady :)" geschrieben. Bevor ich online ging, atmete ich noch mal tief durch und erinnerte mich daran, dass ich jederzeit die Notbremse ziehen konnte, wenn ich mich nicht wohl fühlte. Dann schrieb ich „Hey Mylord :)" zurück.

Dass Kate irgendwann die Haustür aufschloss, bekam ich gar nicht mit, weswegen ich auch total erschrak, als sie sich neben mich auf die Couch setzte und mich irgendwie wissend anlächelte und fragte, warum ich denn mein Handy so anstrahlen würde... Es ist echt unmöglich, etwas vor ihr geheim zu halten! Ich erzählte ihr von Josh und sie fand das aus irgendeinem Grund total süß. Sie kennt Josh ja auch schon eine Weile übers Kinderturnen und konnte nur Gutes über ihn sagen. Hmmmm... :)

Zu Hause verabschiedete ich mich von Josh (habe ja morgen Schule...) und schrieb „Schlaf gut" und er antwortete „Schlaf besser". Jetzt liege ich im Bett und kann natürlich nicht schlafen... Ich schreibe auf jeden Fall gerne mit ihm. Genau wie damals nach der Prüfung läuft es einfach. Trotzdem versuche ich natürlich, mich nicht in irgendwas reinzusteigern. Man kann schließlich auch ausschließlich freundschaftlich schreiben und eigentlich hatte ich mich nach Henry doch erst mal von Jungs fernhalten wollen... Und ich meine, auch als Kumpel wäre Josh doch cool, oder nicht? Und solche Gefühle können eine ganze Freundschaft kaputt machen... Also weg damit! Josh und ich sind Kumpel.

Hailey

KATHRINS TAGEBUCH, 8.5.

Hailey ist verliebt! Sie gibt es zwar vor sich selbst noch nicht wirklich zu, aber die Indizienlage ist eindeutig. KiTu-Josh ist das Objekt ihrer Sehnsucht und ich finde, da hat sie einen ziemlich guten Geschmack. Er hat einen tollen Umgang (offensichtlich nicht nur) mit den Kindern und ist auch sonst sympathisch-attraktiv (sozusagen Jörg in jünger). Allerdings steckt Hailey die Henry-Story noch in den Knochen und sie tendiert im Moment zu „Kumpel-Freundschaft" - zumindest sagt das ihr Kopf. Ihr Herz sieht das, glaube ich, anders. Ich bin berührt davon, wie offen sie mir davon erzählt, und wünsche ihr von Herzen, dass es gut geht und sie sich finden.

Gott, ich kann ja nicht behaupten, dass du meine Gebete bzgl. Hailey in den letzten Wochen nach meinen Vorstellungen beantwortet hättest. Aber ich bleibe trotzdem dran: Bitte segne Hailey. Wenn es sein soll, dann lass sie und Josh ein Paar werden. Auf jeden Fall aber bewahre ihre Seele, dass sie gut für sich sorgen kann und nicht wieder so verletzt wird. Und auch wenn sie bereit ist, sich 6x die Chance mit der Fahrprüfung zu geben: Ich finde, zweimal durchgefallen reicht. Bitte lass es nächstes Mal klappen.

Betreff: Mylord
Datum: 9.5.
Von: Kathrin Brunner <kathrinbrunner@web.de>
An: Hailey <hailey.s@web.de >

Hey Mylady Hailey,

alles klar bei dir? Danke dir für dein Vertrauen, mir von Josh zu erzählen. Ich mag ihn echt gerne und kann aber auch so gut verstehen, dass du nach der Henry-Erfahrung vorsichtig geworden bist.

Als bei mir damals mit meinem Ex Schluss war, war ich (ehrlich!) überzeugt, dass ich nie mehr einem Mann würde vertrauen können. Und auch, dass mich keiner mehr haben wollte. Beides hat sich – Gott sei Dank – als falsch erwiesen ;-). Was ich dir sagen möchte, ist: Sei einerseits vorsichtig und achte auf deine inneren Signale, was du magst und wo du Grenzen ziehen möchtest. Und andererseits: Sei mutig und vertrau' darauf, dass du eine tolle junge Frau mit besten Chancen für eine glückliche Beziehung bist!

Sei gesegnet

Kate

Betreff: Re: Mylord
Datum: 10.5.
Von: Hailey <hailey.s@web.de >
An: Kathrin Brunner <kathrinbrunner@web.de>

Hey Kate,

mir geht es sehr gut. Josh und ich schreiben jeden Tag und (bisher) ist alles super. Gestern im Training habe ich Henry wieder gesehen, das war irgendwie seltsam. Ich bin erst mal wie angewurzelt stehengeblieben und Lena ist voll von hinten in mich reingelaufen. Ich hatte aus irgendeinem Grund Angst davor, ihm zu begegnen, und zugleich habe ich total die Erleichterung in mir gespürt, dass diese Zeiten rum sind. Mir wurde auch noch mal viel mehr bewusst, wie unterschiedlich er und Josh sind und vor allem meine Beziehung zu ihnen. Bei Henry war es irgendwie immer eine Schwärmerei aus der Ferne gewesen und als wir uns dann getroffen haben, kannten wir uns gar nicht besonders gut … Mit Josh dagegen kann ich total gut reden und obwohl wir schon stundenlang über alles Mögliche gequatscht haben, will ich ihn immer noch besser kennenlernen. Er ist echt ein guter Kumpel ;)

Alles Liebe

Hailey

HAILEYS DIARY, 11.5.

Hey Diary,

die Erdkundearbeit, wo ich fast nur geraten habe? Ich habe 10 Punkte! Habe wohl doch ein paar richtig getippt :)

Überhaupt läuft gerade alles wie am Schnürchen! Der Unterricht ist relativ interessant, in Mathe komme ich sogar richtig gut mit. Am Samstag machen wir (Nellah) mal wieder einen Mädelsabend (zum ersten Mal bei mir daheim, ich hoffe, wir haben einigermaßen unsere Ruhe) und davor wollen Emma, Annika, Lena und ich noch zum Taizé-Gottesdienst in die Klinikkapelle fahren.

Ich schreibe quasi dauerhaft mit Josh und jedes Mal, wenn ich seinen persönlichen Klingelton höre, macht mein Herz einen kleinen Sprung. Ich kann gar nicht richtig fassen, dass er offensichtlich auch gerne mit mir schreibt und sogar meinem langweiligen Alltag etwas Interessantes abringen kann! Wenn wir mal nicht einer Meinung sind, ist das auch kein Problem, er akzeptiert es einfach und versucht meine Perspektive nachzuvollziehen. Es überrascht mich immer wieder, dass er auch manchmal schüchtern oder verlegen sein kann. Der Gesprächsstoff ist uns bisher noch nicht ausgegangen und ich kann mir auch nicht vorstellen, dass wir uns irgendwann nichts mehr zu sagen haben. Wenn er über Tamara (seine kleine Schwester) redet, merkt man total, dass er sie, obwohl sie ihn manchmal nervt, trotzdem total lieb hat und auch immer beschützen würde. Seine Kumpels würde ich voll gerne mal kennenlernen, die scheinen echt eine verrückte Meute zu sein, auf die man aber immer zählen kann.

Mit meiner Familie ist auch gerade alles super! Oder vielleicht bin ich auch einfach immun gegen jegliche Form von Stress, zumindest hat Mom das gestern irgendwie angedeutet. Keine Ahnung, was sie damit schon wieder meint.

Josi „geht" jetzt übrigens mit Fynn! Meine kleine Schwester hat also tatsächlich vor mir einen Freund! - wobei der ja eher zur „Kategorie Nils" gehört. Ben hat sie damit aufgezogen, aber als er sie kichernd gefragt hat, ob sie sich geküsst hätten, hat Josi nur angewidert den Mund verzogen. Ihhhh, Küssen XD

Ben fühlt sich - glaub ich - in letzter Zeit ein bisschen komisch, während Tom mit Beca rumturtelt, Josi auf Wolke 7 schwebt und ich dauernd grinsen muss...

Hailey

Betreff: Re: Re: Mylord
Datum: 12.5.
Von: Kathrin Brunner <kathrinbrunner@web.de>
An: Hailey <hailey.s@web.de >

Hey Hailey,

wie schön, dass Mylord Josh so ein guter Kumpel für dich ist – das ist Jörg für mich bis heute. Und auch sonst sind Menschen, denen ich vertrauen kann und mit denen es sich gut reden lässt, ein echter Schatz in meinem Leben.

Und ich freu mich auch sehr, dass du die Begegnung mit Henry so gut überstanden hast. Es wäre wirklich schade um die Eier gewesen … Ben hat sich übrigens bei Mateo beschwert, dass Josi nicht mehr mit ihm, sondern ständig mit einem gewissen Fynn spielt. Deshalb kam er die letzten zwei Nachmittage zu uns zum Spielen, was fast schon babysitterähnliche Zustände bei mir verursachte. Sie waren quasi den ganzen Nachmittag friedlich im Garten. Josi sollte sich unbedingt weiter mit Fynn treffen, finde ich …

LG

Kathrin

HAILEYS DIARY, 13.5.

Hey Diary,

heute Abend war ja Taizé-Gebet und Mädelsabend bei mir und um die anderen nicht zu wecken, sitze ich jetzt mitten in der Nacht auf dem Badewannenrand und schreibe dir.

Ich bin mit Lena zusammen zur Klinik gefahren, wo wir Emma und Annika getroffen haben. Wir waren ein bisschen spät dran, weil unterwegs Lenas Fahrradkette rausgesprungen war. Das erste Lied hatte schon begonnen, also quetschten wir uns unauffällig in die letzte Reihe. Obwohl ich ja schon eine Weile nicht mehr dort war, kam ich sofort wieder rein. Ich saugte die Stimmung in mich auf und genoss die Ruhe. Auch wenn in letzter Zeit vieles total schön war, hatte ich das Zur-Ruhe-kommen echt vermisst. Wir sangen ein paar Lieder und dann las SAC aus der Bibel vor. Ich kannte den Psalm schon aus Kindergottesdiensttagen, aber heute habe ich ihn - glaube ich - zum ersten Mal wirklich verstanden. Ich habe ihn mir aus Moms Bibel abgeschrieben:

„Der Herr ist mein Hirte, nichts wird mir fehlen. Er weidet mich auf saftigen Wiesen und führt mich zu frischen Quellen. Er gibt mir neue Kraft. Er leitet mich auf sicheren Wegen und macht seinem Namen damit alle Ehre. Auch wenn es durch dunkle Täler geht, fürchte ich kein Unglück, denn du, Herr, bist bei mir. Dein Hirtenstab gibt mir Schutz und Trost. Du lädst mich ein und deckst mir den Tisch vor den Augen meiner Feinde. Du begrüßt mich wie ein Hausherr seinen Gast und füllst meinen Becher bis zum Rand. Deine Güte und Liebe begleiten mich Tag für Tag; in deinem Haus darf ich bleiben mein Leben lang."

Während der Stille habe ich darüber nachgedacht, was das für mich bedeutet. Es ist ein Versprechen von meinem guten Hirten (wie Kate ihn ja auch gerne nennt), dass er immer bei mir sein wird. Egal, was passiert, egal wie „dunkel mein Tal ist", er passt auf mich auf und meint es gut mit mir. Er versorgt mich. Er beschützt mich. Er liebt mich. Wow. Das ist echt krass! Und irgendwie total schön, zu wissen, dass ich echt nie ganz allein bin, sondern jemand, der mich liebt, immer bei mir ist. Als das Lied „Nada te turbe" gesungen wurde, hatte ich ein bisschen Tränen in den Augen und mir war auf einmal ganz warm.

Nach dem Gebet haben wir noch mit SAC geredet und sind dann zu mir gefahren. Luisa und Nora trafen wir hier. Als ich die Tür aufschloss, hörte ich sofort, dass Ben und Josi stritten und meine gestresste Mom versuchte, sie zu trennen und dabei die Spiegeleier im Blick zu behalten. Dad übernahm den Job, meine Freundinnen zu begrüßen, und sagte zum Glück nur normale Sachen. Puh, einmal waren nämlich Freunde von mir da gewesen und mein Dad hat ihnen nicht das Du angeboten, was total komisch war.

Wir verzogen uns schnell in mein Zimmer und ich sagte unterwegs noch schnell Tom und Beca Hallo. Die anderen Mädels hatten sich unterdessen schon in meinem Zimmer verteilt und diskutierten, inwiefern Tom und ich uns auf dem Kinderfoto über meinem Bett ähnlich sahen. Meiner Meinung nach ja gar nicht, aber ich kann ja auch keinerlei physische Ähnlichkeit zwischen meiner Mom und mir entdecken und das konnten angeblich sogar Blinde sehen... Weil wir keine Lust auf Film schauen oder so hatten, quatschten wir einfach über alles Mögliche.

Ich dachte zwischendurch darüber nach, von Josh zu erzählen, aber das wäre mir irgendwie komisch vorgekommen, während ich neben Luisa saß - obwohl die pausenlos von Mr. T schwärmte (der ist übrigens ein Kumpel ihres großen Bruders). Zum Übernachten blieben nur Lena und Annika, was schon vom Platz her ganz gut so war. Wir quatschten noch ein bisschen, aber da wir alle ziemlich geschafft von der Woche waren, gingen wir für unsere Verhältnisse ziemlich früh ins Bett.

Bevor ich das Licht ausmachte, checkte ich noch mein Handy, aber es hatten nur ein paar Gruppen gespamt. Nichts von Josh. Ich versuche natürlich nicht enttäuscht oder so zu sein, aber ich wundere mich schon ein bisschen, weil wir sonst ja dauernd schreiben. Na ja, kann ja gut sein, dass er gerade auch bei einem Kumpel ist und deswegen nicht kann, nicht wahr? Ich mache mir da keine Gedanken.

Gute Nacht, Hailey

Betreff: Re: Re: Re: Mylord
Datum: 14.5.
Von: Hailey <hailey.s@web.de >
An: Kathrin Brunner <kathrinbrunner@web.de>

Hi Kate,

habe auch schon gemerkt, dass Ben nicht so gut auf Fynn zu sprechen ist. Ist ja klar, er und Josi, die beiden waren immer *das* Zwillings-Power-Team und jetzt ist Josis Aufmerksamkeit voll auf jemand anderen gerichtet … Ich würde ihm ja wirklich gerne helfen, aber ich weiß, dass ihm niemand Josi ersetzen könnte (auch wenn er das natürlich niemals zugeben würde).

Aber ich glaube, die ganze Aufregung wird sich auch bald wieder legen, wenn es nicht mehr so frisch ist.

Morgen alles wie immer, schätze ich?

Hailey

HAILEYS DIARY, 15.5.

Hey Diary,

ich bin echt so ein Mädchen! Natürlich hatte ich mir fest vorgenommen, mir überhaupt keine Gedanken zu machen, als Josh nicht geantwortet hat. Aber nachdem ich den ganzen Sonntag und Montagnachmittag vergeblich gewartet hatte, bin ich vielleicht doch ein bisschen nervös geworden. Mom ist fast ausgeflippt, weil ich so oft mein Handy checkte und sogar beim Abendessen „nur kurz gucken wollte", obwohl wir da doch die strikte Regel „Spielsachen machen beim Essen Pause" haben... weiß gar nicht, was ihr Problem ist, ich hatte ja nicht vor, dann auch sofort zu antworten, ich wollte es nur wissen und Dad liest doch morgens auch Zeitung!

Als ich zur Sporthalle gejoggt bin, war ich jedenfalls ein bisschen nervös, weil ich mir Sorgen machte, irgendetwas geschrieben zu haben, was er vielleicht falsch verstanden hatte oder so. Oder er hatte einfach vergessen zu antworten und da ich ihm nicht wichtig war, hatte er mein Fehlen gar nicht bemerkt. Ich wartete vorsichtshalber bei den Umkleiden.

Als Josh einen Sack mit Seilen zum Materialraum brachte, entdeckte er mich und kam sofort auf mich zu. Er entschuldigte sich, dass er nicht geantwortet hatte. Sein Handy ist Schrott. Tamara hatte es versehentlich aus dem Fenster geworfen. Ich habe zwar keine Ahnung, wie sie das geschafft hatte, aber es ist mir auch total egal, ich bin einfach nur mega erleichtert, dass es nichts mit mir zu tun hatte! Er hat sich auch schon ein neues Handy bestellt und wenn das da ist (übermorgen wahrscheinlich), wird alles normal sein.

Mateo und Luca haben sich meiner Meinung nach viel zu schnell umgezogen und zerrten mich die Treppe hoch. Wir umarmten uns zum Abschied und Josh versprach, mir zu schreiben, sobald sein neues Handy da ist. Er hat jetzt übrigens endlich einen Termin für seine Fahrprüfung! Wir sind direkt hintereinander dran und haben sogar denselben Prüfer! Hoffe, dass diesmal alles gut geht... Vor allem auch bei Josh. Durchfallen ist einfach beschissen und ich glaube, für Jungs sogar noch schlimmer.

Hailey

KATHRINS TAGEBUCH, 16.5.

Ich sollte mich wohl bei Gott entschuldigen. Also: Bitte entschuldige, guter Hirte! Du machst das schon richtig mit Hailey!

Sie hat mir gestern vom Taizé–Gebet am Samstagabend erzählt und dabei ist ihr der Psalm 23 wohl direkt ins Herz gefallen. Trotz Fahr–prüfungsodyssee und offener Theodizee–Frage hat Gott es geschafft, ihr nahe zu kommen.

Bin überrascht und dann doch wieder nicht. Kenne den guten Hirten ja schon ein paar Tage und weiß, dass er es zwar oft ganz anders, als ich mir das vorstelle, aber dann halt doch ziemlich gut schafft, seinen Schäfchen nahe zu kommen.

Guter Hirte, so sage ich heute einfach ein ganz großes DANKE, dass du Haileys Herz berührt hast. Bin selbst gerade wieder mal berührt von dir. DANKE!

HAILEYS DIARY, 17.5.

Hey Diary,

Josh hat mir endlich wieder geschrieben! Gestern habe ich trotzdem dauernd auf mein Handy geschaut, in der Hoffnung, dass aus irgendeinem unerfindlichen Grund sein Handy einen Tag zu früh ankam - was natürlich nicht der Fall war und nur zur Folge hatte, dass Mom mir damit drohte, das Handy wegzunehmen.

Heute hat es dann endlich wieder seinen persönlichen Benachrichtigungston abgespielt und ich war zum Glück sowieso gerade fertig mit den Hausaufgaben, so dass wir schreiben konnten.

Morgen habe ich meine nächste Fahrprüfung. Von meiner Entschlossenheit und Ruhe ist irgendwie kaum noch etwas übriggeblieben, ich bin so nervös, dass ich das Gefühl habe, zu explodieren. Bitte, bitte, bitte, lass alles gut gehen!

Hailey

Betreff: Guter Hirte
Datum: 17.5.
Von: Kathrin Brunner <kathrinbrunner@web.de>
An: Hailey <hailey.s@web.de >

Liebe Hailey,

ich denke morgen bei der Fahrprüfung ganz fest an dich! Egal, wie es kommt: Du bist eine tolle junge Frau und vor 6x geben wir nicht auf!

Und dann möchte ich dir noch was anderes sagen: Fast noch mehr als meinen Sport genieße ich es im Moment, am Montagabend noch mit dir zu reden. Es hat mich sehr berührt, wie Gott dir am Samstagabend beim Taizé-Gebet nahe gekommen ist.

Auch überhaupt bin ich einfach nur dankbar für das letzte halbe Jahr und das Miteinander, das da gewachsen ist. Weißt du noch bei unserem ersten Chai Latte vor dem Unfall? Wir waren uns so fremd und es war echt schwierig, mit dir ins Gespräch zu kommen. Das ist auch das einzig Gute, das mir zu Henry einfällt: wenn er uns nicht ins Auto gerauscht wäre, wären wir nicht zusammen in die Klinik gekommen und die gemeinsame Zeit dort ist für mich der Anfangspunkt der Freundschaft (so empfinde ich dich nämlich inzwischen, als zwar jüngere, aber echte Freundin!), für die ich richtig dankbar bin. Du bist eine tolle junge Frau und ich bin privilegiert, mit dir befreundet zu sein.

Hab dich lieb!

Kate

HAILEYS DIARY, 18.5.

Hey Diary!

ICH HAB BESTANDEN!!!!!! Oh mein Gott, ich hab die Prüfung bestanden, ich hab meinen Führerschein! Ich kann es einfach immer noch nicht fassen! Das ist doch echt der Wahnsinn! ENDLICH!!!

Josh und ich hatten ja direkt hintereinander Prüfung und als ich strahlend aus dem Auto stieg, haben wir uns schwungvoll abgeklatscht. Ich schrieb sofort Kate, Lena und Mom eine WhatsApp.

Während Joshs Prüfung wartete ich wie abgesprochen und tigerte eine ¾ Stunde auf dem Parkplatz auf und ab. Ich versuchte, mich innerlich vorzubereiten, und spielte im Kopf verschiedene Szenarien durch, wie ich reagieren sollte, wenn er bestand oder wenn er durchfiel. Als das Auto endlich auf den Parkplatz fuhr, wartete ich gespannt an der Einfahrt. Seine Mimik beim Aussteigen konnte ich nicht wirklich deuten, aber die Wucht, mit der er die Autotür zuknallte, sprach Bände. Zögernd kam ich einen Schritt näher und blieb dann doch stehen. Ich hatte keine Ahnung, was ich tun oder sagen sollte. Josh sah sich um und immerhin hellte sich sein Gesicht kurz auf, als er mich entdeckte. Er kam auf mich zu und blieb wortlos vor mir stehen. Dann warnte er mich vor, dass er gerade wahrscheinlich nicht die angenehmste Gesellschaft sei. Mit einem wütenden Josh hatte ich es bisher noch nicht zu tun gehabt und ich war mir nicht sicher, wie ich damit umgehen sollte. Schließlich deutete ich mit dem Kopf fragend Richtung Waldgrenze. Josh nickte, joggte los und ich lief neben ihm her. Sobald wir den Parkplatz verlassen hatten, zog er das Tempo an, also beschleunigte ich auch. Wir rannten zusammen und jagten auf den Wald zu, bis wir irgendwann langsamer wurden. Keuchend lehnten wir uns an einen Baum und er strich sich eine Haarsträhne aus dem Gesicht. Dann gingen wir nebeneinander einen schmalen Waldweg entlang und schwiegen.

Als ich schon dachte, wir würden gar nicht mehr reden, begann er dann doch ziemlich ruhig zu erzählen, was passiert war. Alles war gut gelaufen und dann hatte er aus einem Kaff auf eine Landstraße auffahren wollen. Natürlich hatte er das Stopschild gesehen und hatte auch runtergebremst. Und weil in beide Richtungen kein Auto weit und breit zu sehen war, rollte er mit 3 km/h drüber. 3 km/h zu schnell. Mr. Oberpingelig hatte es natürlich gesehen und die Prüfung mit einem gehässigen Ton für beendet erklärt. So ein Idiot!

Wir kamen zu dem Schluss, dass es bestimmt ein Einstellungskriterium für Fahrprüfer war, dass sie keine Jugendlichen mochten. Genauso wie bei Busfahrern und Hausmeistern. Wir liefen eine gefühlte Ewigkeit durch den Wald und redeten. Irgendwann kamen wir bei mir zu Hause an. Unsere Umarmung zum Abschied war einen Tick länger als normalerweise.

Jetzt bin ich zum einen natürlich wahnsinnig erleichtert, dass ich bestanden habe, aber auf der anderen Seite tut mir Josh echt leid, ich versteh ihn ja nur zu gut … Auch wenn Aschenbrödel wahrscheinlich nicht die richtige Medizin für ihn gewesen wäre, hoffe ich, dass ich auf meine Art ihm helfen konnte.

Hailey

Betreff: Glückwunsch :-)!!!!
Datum: 19.5.
Von: Kathrin Brunner <kathrinbrunner@web.de>
An: Hailey <hailey.s@web.de >

Hallo meine führerscheinhabende Lieblingspatentochter!

Ich bin soooooooooo megastolz auf dich! Nicht so sehr, weil du den Führerschein hast (was natürlich auch cool ist!), sondern weil du den Mumm hattest, zum dritten Mal zur Prüfung zu gehen und nicht aufzugeben. Das ist so stark und etwas, das du auf deinem Lebenserfahrungskonto als dickes Plus verbuchen kannst! GLÜCKWUNSCH!!!

Die Jungs wollen jetzt natürlich UNBEDINGT von ihrer Lieblingskusine im Auto gefahren werden und haben gefragt, ob du sie am Montag mit dem Auto abholen könntest. Dass du erst mal nur begleitet fahren darfst, hatten sie noch nicht auf dem Schirm. Aber Mateo hatte auch gleich eine passende Alternative: du könntest um Viertel vor fünf kommen, sie in meiner Begleitung zum Kinderturnen fahren und dann könnte ich direkt zum Sport gehen. Dass es für dich vielleicht blöd ist, da dann eine Stunde rumzuhocken, hat er vehement verneint. Er bildet sich ein, dass es für dich nichts Schöneres geben könnte, als ihm und

Luca eine Stunde beim Kinderturnen zuzuschauen. Ich schlag dir das jetzt deshalb einfach mal vor. Eventl. motiviert dich der Ausblick auf den KiTu-Leiter ja noch zusätzlich ;-)

Falls dir das aber zu viel wird, finden wir natürlich auch eine andere Möglichkeit. Ich musste es Mateo nur versprechen, dich zu fragen, was ich hiermit pflichtschuldigst erledigt habe ;-)

Liebe Grüße

Kate

Betreff: Re: Glückwunsch :-)!!!!
Datum: 20.5.
Von: Hailey <hailey.s@web.de >
An: Kathrin Brunner <kathrinbrunner@web.de>

Hey Kate,

sag Mateo, dass es natürlich NICHTS Schöneres für mich auf dieser Welt gibt, als ihm und Luca eine Stunde beim Kinderturnen zuzuschauen. Mit einem gewissen KiTu-Trainer hat das gar nichts zu tun – den sehe ich nämlich auch außerhalb. Z. B. jetzt dann gleich beim SC-Spiel. Lena hat komischerweise schon was anderes vor …

Wir sehen uns Montag

Hailey

HAILEYS DIARY, 20.5.2017

Hey Diary,

heute war so ein schöner Tag! Ich bin ja mit Josh zum SC-Spiel gegangen, und zwar diesmal nur zu zweit. Lena hat behauptet, dass sie was anderes vorhat, aber ich bin mir ziemlich sicher, dass sie das nur gesagt hat, damit Josh und ich uns alleine treffen können. Kurz bevor ich losging, hätte ich sie aber am liebsten doch dabei gehabt, ich habe in meinem Zimmer nämlich total die Krise gekriegt. Nachdem ich mich 5x umgezogen hatte, war ich felsenfest davon überzeugt, dass ich in meinem Schrank absolut nichts zum Anziehen hatte, was nicht langweilig, zu chic oder schlichtweg lächerlich aussah. Ich wollte schließlich gut aussehen, aber nicht so, als hätte ich es darauf angelegt. Ich entschied mich schlussendlich für eine schwarze Jeans, ein hellblaues Top und mein Baumfällerhemd, weil ich mich darin am wohlsten fühlte. Bevor ich in Gedanken die Pro- und Contrapunkte von Wimperntusche abwägen konnte, schwang ich mich aufs Fahrrad und fuhr los. Leider hatte ich auch unterwegs viel zu viel Zeit zum Nachdenken und obwohl Josh und mir bisher noch nie der Gesprächsstoff ausgegangen war, überlegte ich mir (nur für den Fall) ein paar Themen.

Schlussendlich waren all meine Sorgen (war ja klar) umsonst gewesen. Wir trafen uns wieder beim Pommesstand und suchten uns dann gemeinsam einen Platz. Das Spiel war ganz gut, aber nicht so spannend wie das letzte und leider hat der SC verloren. Spaß hatten wir trotzdem viel und ich konnte gar nicht glauben, dass ich mir wieder so einen Stress gemacht hatte. Mädchen halt, schätze ich...

Nach dem Spiel begleitete er mich noch zu meinem Fahrrad. Beim Aufschließen bemerkte ich, dass ich einen Platten hatte, womit sich meine Heim<u>fahrt</u> erledigt hatte... Josh bot an, mich nach Hause zu begleiten, und da sagte ich natürlich nicht nein. Da sag mal jemand, die Gentlemen wären alle ausgestorben!

Wir liefen an der Dreisam entlang und redeten, während neben uns der Fluss gluckerte. Ich erzählte ihm von meinem Fußballverein und er meinte, dass er auch jemanden kannte, der im VFR spielte. Einen Henry. Ich wurde rot und sagte, dass ich den auch kannte. Ich weiß gar nicht, wie wir dann genau darauf kamen, aber ich erzählte ihm von der Henry-Geschichte. Josh hatte Henry bisher nur ab und zu mal gesehen, weil der Freund eines Freundes ihn kannte, und hatte keine wirkliche Meinung zu ihm gehabt. Aber als ich ihm von Larissa erzählte, war er auf Henry fast so wütend wie auf den blöden Fahrprüfer. Er fand es überhaupt nicht schlimm, dass ich noch total unerfahren war, und war generell einfach total verständnisvoll.

Wir waren inzwischen bei mir daheim angekommen, aber das war egal, wir redeten einfach vor unserem Schuppen noch weiter.

Nach einer gefühlten Ewigkeit wurden wir von einem Handyklingeln unterbrochen. Es war seine Schwester Tamara, die fragte, wo er blieb, sie wollten doch einen Film zusammen schauen. Er entschuldigte sich bei ihr und versprach, in 10 Minuten da zu sein (keine Ahnung, wie er das schaffen wollte). Als wir uns verabschiedeten, umarmten wir uns länger als sonst. Es war eine richtige Umarmung und nicht nur dieses flüchtige, was heute ja so üblich ist. Seine Hand strich mir übers Haar. Als er mich losließ, sah ich ihn unsicher an. Sein Blick huschte über mein Gesicht, dann beugte er sich ein wenig vor und gab mir einen zarten Kuss auf die

Wange. Er sah mich mit seinen warmen, braunen Augen an und lächelte schüchtern. Dann trat er einen Schritt zurück und sein Lächeln wurde breiter.

„Wir seh'n uns Montag", sagte er lächelnd, drehte sich um und verschwand in der Nacht.

Ich erinnere mich nicht wirklich, wie ich eigentlich hier in mein Bett gekommen bin, aber Tom kam gerade rein und hat gefragt, was denn bei mir los ist. Habe wohl den Haustürschlüssel einfach außen im Schloss stecken lassen...

Ich fühle mich, als würde ich schweben. Vor fast genau einem halben Jahr habe ich zum ersten Mal in dieses Tagebuch geschrieben. Aber ich denke, ich habe meine Meinung geändert.

Was fängt mit „zum" an und hört mit „feiern" auf? Richtig, mein Leben. Zum Feiern! Welcome to my life!

Hailey